Andrea Kern

Kindfrau

für Georg

Gedruckt nach der Richtlinie des Österreichischen Umweltzeichens „Druckerzeugnisse“, Druckerei Theiss GmbH, Nr. 869

FSC www.fsc.org
MIX
Papier aus verantwortungsvollen Quellen
FSC® C012536

Grafische Gestaltung: Dorothea Löcker, Wien
Umschlagabbildung: © Danin Tulic/Getty Images
Druck und Verarbeitung:
Druckerei Theiss GmbH, St. Stefan im Lavanttal
ISBN 978-3-7117-2017-7

Informationen über das aktuelle Programm
des Picus Verlags und Veranstaltungen unter
www.picus.at

Andrea Kern

Kindfrau

Roman

Picus Verlag Wien

Erster Teil

Sie sah in den Spiegel. Betrachtete die vertrauten Formen, die Äderchen, die unter der Haut hervorschimmerten und die kleinen, noch unscheinbaren Falten um die Augen und den Mund. Der blaue Kajal stand ihr gut, vielleicht sollte sie sich wirklich häufiger schminken. Karin, ihre Kollegin, lag ihr damit immer wieder in den Ohren. »Angelika, du könntest viel mehr aus dir machen.« In nur wenigen Wochen war es möglich, sich in eine übertünchte Frau zu verwandeln. Ihre Lippen würden aussehen, als wären sie von einer Biene gestochen und Farben von Korallen hineingespritzt worden. Ihre Augen wären dann angemalte Fenster zur Seele. Vielleicht war es Zeit damit anzufangen, mit fünfunddreißig.

Sie probierte die Zahl in ihrem Mund, es klang noch nicht schrecklich alt, aber in fünf Jahren … vierzig war dann schon näher am vermoderten Leben, an verblühten Träumen und eingestampften Wünschen. Eine Grimasse für den Spiegel, fort mit den Gedanken. Sie alle sollten hinter dem Spiegel verschwinden. Erich stand plötzlich im Türrahmen, immer schlich er sich so leise an sie heran, sogar nach sieben Ehejahren hatte sie sich noch nicht daran gewöhnt. Ein kurzes Guten-Morgen-Lächeln, dann schob er sie sachte beiseite und begann sich die Zähne zu putzen. Gurgelte – spuckte aus – putzte ein zweites Mal.

Vielleicht sollten sie morgen wieder einmal Sex haben. Der Gedanke schoss ihr in den Kopf, die Kugel musste einen guten Platz gefunden haben, denn die Idee durchblutete plötzlich ihren ganzen Körper. Bestimmt waren es schon an die zwei Wochen, dass sie nicht mehr miteinander gevögelt hatten. Gibt es eigentlich eine korrekte Bezeichnung dafür? Sich lieben? Dieses aufgeblasene Wort, oft mit ziemlich ausgelutschtem Inhalt, ist sicher nicht passend für eine gute Nummer. Nummer? Ist man dann nur eine Zahl im Geranke der Partner und Partnerinnen, mit denen man im Laufe seines Lebens Verkehr hat? Verkehr? Als würde man sich gegenseitig ein Auto hineinrammen. Sie schüttelte den Kopf, die Kugel saß immer noch. Sie versuchte sich an das letzte Mal zu erinnern, es lag schon mehr als zwei Wochen zurück. Erich gab oft seltsame Töne von sich, während er sich in ihr bewegte. Die komische Seite gab dann der Erotik gerne einen Tritt. Früher hatte sie noch nicht so genau hingehört. Da brannte es manchmal zwischen ihren Beinen und sie wollte Erichs Härte einfach nur in sich spüren.

Heute regten sich die Gefühle weniger und seltener in ihr und wenn, dann wurden sie beiseitegeschoben von all diesen anderen Banalitäten, die das

Leben unbarmherzig prüften. Sie strampelten dann hilflos, lagen auf dem Rücken und streckten die Beine von sich. Ohne dass sie jemand befriedigte. Aber vielleicht morgen. Sie würden schön ausgehen, auf den Tag ihrer Geburt anstoßen und zu Hause gäbe es dann eine unbekleidete Überraschung für ihn. Ihr Kopfkino schaltete sich ein, warf Bilder von ihrem nackten Körper an die inneren Augen, wie sie sich rekelte, ihre Beine steckten in halterlosen Strümpfen. Noch ein Kopfschütteln, sie hatte jetzt keine Zeit für die gerade anschwellenden Fantasien.

Ihren Beruf verband sie innerlich mit einem Gewirr aus Stimmen, die einem überallhin folgten. Hier gab es keinen Ort, der nicht summte, schrie oder zumindest flüsterte. Selbst im Lehrerzimmer, in dem Raum, in den sich eigentlich die zivilisierten Menschen zurückziehen sollten, droschen permanent Stimmen ihre Phrasen, um sich Luft zu machen. Sie hatte nichts gegen dieses Geräuschemeer, sie liebte es vielmehr. All diese Worte. Nie gab es Stille. Alle Töne verschmolzen zu einer Masse, man musste nicht immer hinhören, der Einheitsbrei köchelte auch so vor sich hin, manchmal rührte sie um oder warf eine Zutat hinein.

Manchmal stach einem aber eine Stimme zu sehr in die Nase, man schmeckte ihre überkochende Konsistenz sofort heraus. Benjamin aus der 4B war von der ersten Stunde an zu viel. Zu viel Stimme, zu viel Wort, zu viel Verlangen. Er konnte sie in Rage bringen mit seinen grell ausgespuckten Floskeln und Beleidigungen, die er einfach wahllos in ihren Unterricht warf. In den Stunden war er oft ein Echo, das ihre Sätze widerspie oder Antworten gab, wo die Frage nie erklungen war. Ihre Versuche, ihm richtige Buchstabenfolgen zu entlocken, schlugen regelmäßig fehl.

Und da saß er wieder. Vor dem Lehrerpult. Mit seinen zuckenden Worten und seinem lauten Körper. Neben ihm die stille Marie, die als Staudamm für seinen Artikulationsschwall gedacht war, sie sollte der Schwamm sein, seine Worte sollten ungehört in ihr versinken. Vergeblich. Sie lächelte, begann Hefte einzusammeln, kleine Ermahnungen wurden ausgeteilt. Die Kinder packten Zeitungen auf den Tisch, angebliche Qualitätsblätter raschelten mit schmierigen Halbwahrheiten um die Wette. Nun ging es an den Vergleich, wo wurden bei der Berichterstattung Unterschiede festgestellt, wo war die Sprache besonders blutig oder sexuell? Benjamin schnalzte mit der Zunge, er hielt einen dunkelblauen Kugelschreiber zwischen Zeige- und Mittelfinger, klopfte damit auf die Tischplatte – seine Augen schweiften umher. Unvermittelt blickte sie auf die Uhr, noch vierunddreißig Minuten, bis sie den Raum verlassen konnte.

Als sie im Auto saß, ließ sie den Kopf kreisen, damit sich die Nackenmuskeln entspannen konnten, einmal vor und einmal zurück. Es zog durch den ganzen Körper. Knacks. Mehr Sport, mehr gesundes Essen, mehr Kommunikation mit dem Partner ... Im Grunde kannte sie die Mittel zu einem perfekten Leben. Im Grunde kennen wir sie alle. In ihrem Kopf summte es noch von den letzten Stunden, sie genoss die abgehackten Sätze und langsam absterbenden Worte in ihrem Hirn. Wenn sie dort nur bleiben könnten. Nach der dreißigminütigen Fahrt hatte ihr Peugeot sie jedoch immer alle platt gefahren, oft suchte sie dann noch nach ihnen, grub mit ihrer Hand in der puddingähnlichen Masse, die in ihrer Schädeldecke vor sich hin wackelte. Doch sie waren nicht mehr dort, dort waren keine Worte mehr.

Das Handy läutete, sie verzog den Mund zu einer Schnute. »Mutter« blinkte es auf dem Display. Mit einem zitternden Zögern hob sie ab. »Hallo, Vater.« Ihre Mutter hasste es zu telefonieren und im Besonderen verabscheute sie es, ihre Tochter anzurufen, dennoch besaß sie ein Handy, ein falsch-gut gedachtes Weihnachtsgeschenk. »Hallo Schätzchen. Ich wollte dir bloß alles Gute zum Geburtstag wünschen.« Sie wurde erst am morgigen Tag fünfunddreißig, aber er rief immer einen Tag zu früh an, vermutlich um sicher zu gehen, dass er am besagten Tag nicht doch noch darauf vergaß. »Danke, Vater.« Ihre Gedanken streiften für einen kurzen Moment zur amerikanischen Form »Daddy«. Sie mochte dieses Wort, manchmal erschien es sogar von alleine in ihrem Kopf. Dann griff sie danach und zerriss es in seine Einzelteile.

»Und, du und Erich – macht ihr euch einen schönen Tag? Fein essen gehen?« Anders als die Väter von anderen Töchtern, war ihr Erzeuger immer dankbar dafür gewesen, dass sie den »nur« um neun Jahre älteren Erich nach einem Jahr geehelicht hatte. »Wir haben noch keine konkreten Pläne, aber vielleicht ... du, ich muss Schluss machen. Gleich geht die nächste Schulstunde los. Ich ruf dich später noch mal an.« Würde sie nicht, sie würde es jeden Tag hinausschieben, bis ein paar Wochen vergangen waren und der Anlass nicht mehr passte. »Kein Problem, Schätzchen. Bis dann. Liebe Grüße von deiner Mama.« Sie legte auf, sog Luft durch die Nase ein und stieß sie durch den Mund wieder nach draußen. Ihre Eltern. Sie führten vielleicht nicht das perfekte, aber ihrer Ansicht nach zumindest ein harmonisches Leben. Erich ließ manchmal zwischen den Zeilen durchblicken, dass ihre Eltern langweilig waren, in ihren Augen waren sie glücklich. Und langweilig. Und ihre Eltern. In ihrer Stille. Sie brauchten nur wenige Worte. Darum beneidete sie die beiden. Sie kannten nicht den Luxus, regelmäßig in schicken Lokalen zu verkehren. Ihre Mutter flanierte nicht mal eben durch kleine Boutiquen. Ihre Eltern hatten kein Theaterabo und waren erst zweimal über die Grenzen ihrer Heimat hinausgekommen. Sie lebten in einem kleinen Dorf, seit sie geheiratet hatten, nichts konnte sie jemals von diesem Ort vertreiben. Beinahe hätte sie das aber geschafft. Sie lächelte.

Es war nicht so, dass sie nie hineingepasst hatte, sie konnte nur das Klischee vom aufmüpfigen Teenager nicht erfüllen. Keine abrasierten oder exotisch gefärbten Haare, keine Piercings oder Zigaretten, keine Drogen – nichts von der Provokation, die doch wieder einer Norm entsprach. Es kam bloß der Moment, in dem sie nicht mehr Papas kleiner Liebling sein konnte, in dem er sie nicht mehr ohne Hintergedanken auf den Schoß nehmen konnte, in dem ihre Mutter plötzlich verstört den Kopf wegdrehte, wenn sie ihre so gar nicht mehr unschuldige Tochter ansehen wollte.

Unwillkürlich nahm sie den Weg in die Innenstadt, sie wollte noch nicht in das Haus, in dem sie schlief und lebte. Erich würde erst in ein paar Stunden kommen, wenn schon schlecht bezahlt als Lehrerin, so hatte sie zumindest den Nachmittag für sich. Freizeit. Freie Zeit. Zeit, die frei war. Sie wollte sich etwas gönnen, für morgen. Erich sollte Augen machen. Dann würde das vielleicht auch etwas mit dem Sex.

Ihre Augen wanderten die Angebote von »Nachtschatten« ab – schwarze Bodys mit weißer Spitze,

Dessous-Sets im Retrolook, ein blau-weiß kariertes Bustier. Hmm … sie mochte Luxus, mit schönen Dingen im Haus, auf der Zunge, um den Hals und am Ehemann lebte es sich netter. Vor Erich hatte sie diese Süße nicht gekannt – einfach in ein Geschäft hineinzuspazieren und sich nicht nach dem Preis, den noch verbleibenden Tagen des Monats und ihrem momentanen Budget fragen zu müssen. Seit Erich brauchte sie nur noch folgende Überlegungen anzustellen: »Möchte ich dieses Stück besitzen?« Erich beschenkte sie gerne, anfangs hatte er sie geradezu schamlos verwöhnt und sie hatte geschnurrt vor Wonne. Er erfüllte beinahe das Maß an Perfektion ihrer Ansprüche: Intellekt gepaart mit Interesse an Wirtschaft, zu der sie keine drei geistreichen Sätze sagen konnte, einnehmender Charme, in den man nur zu gerne eingewickelt wurde, Geld, die Bereitschaft es zu verwenden und ein reifes Alter. Ihr Blick fiel auf einen sündigen schwarzen Push-up-BH, der an den bedeutenden Stellen durchbrochen war, und auf Strapse. Gekauft.

Und jetzt nach Hause. Dort warteten Hefte mit langweiligen Erörterungen zum Thema Abtreibung, manche waren dafür, andere dagegen. Die meisten hatten sich ihre Standpunkte für die Hausaufgaben wohl aus dem Internet besorgt und dort eifrig ihre Meinung abgeschrieben. Manche Mädchen hatten zumindest während der Stunde Ohren und Augen gespitzt, sich sicherlich ausgemalt, wie es wohl so wäre, in ein paar Jahren ein lebendiges Knäuel aus Blut, Knochen und Wasser unter dem Herzen zu tragen. Über dessen Leben entscheiden zu müssen. Doch die Vorstellung war Gott sei Dank für die meisten noch zu weit entfernt und jene, die es wohl einmal betreffen würde, hätten Gott dann bestimmt schon verloren. Die eingekaufte Ware verfrachtete sie in den Kofferraum. Heiße Unterwäsche gehörte zu einem erfüllten Leben. Genauso wie Sex. Gerade wollte sie einsteigen; der Blick schweifte zum gegenüberliegenden Gehsteig. Sie stutzte mitten in der Bewegung, starrte, erstarrte. Reglos saugten sich ihre Augen an der anderen Seite der Straße fest, an einem Mann.

Sie stand einfach nur da. Etwas rumorte in ihrem Kopf, schlug gegen ihren Mund, gegen ihre Augen, aber nichts kam heraus. War er es? Ihr Gehirn leitete diese Frage aus reinem Schutz vor einem wallenden Emotionschaos weiter. War er es? Sie wollte nicht, dass er es war. Wollte sie es? Ihr Blick verfing sich in seinem Haar, seiner Brust, in den Beinen. Alles in ihr erinnerte sich an ihn. Wenn sie gekonnt hätte, hätte sie seine Schädeldecke geknackt, um den Inhalt herauszuschürfen, wie weißes, rotziges Eiklar. Sie wollte wissen, ob die Erinnerungen hinter dieser hohen Stirn die gleichen waren, die sie seit dreiundzwanzig Jahren mit sich herumschleppte. Sie wollte zu diesem Mann rennen. Sie wollte sich die gerade entstandene Erinnerung aus dem Kopf kratzen. Sie wollte schreien. Sie wollte verstehen. Sie wollte weinen. Sie wollte ihren Kopf gegen das Dach ihres Autos schlagen, immer wieder. Sie tat nichts. Sein Gang war aufrecht, in der rechten Hand hielt er einen Beutel, eine Gurke und eine Milchpackung lugten oben heraus. Immer weiter entfernte er sich von ihr. Sie stand einfach nur immer weiter dort und starrte auf die andere Seite der Straße. Er war schon lange fort. Als sie im Auto saß und losfuhr, war sie ganz ruhig. Für die ersten zehn Minuten. An der Ampel traf es sie dann – kein Blitz, kein Schlag, keine Erkenntnis, sondern einfach nur eine aufsteigende Hitze, die ihre Wangen zum Glühen brachte. Der ganze Körper züngelte vor Flammen, irgendwie schaffte sie es, den Wagen rechts ranzufahren. Atmete. Ein. Aus. Sauerstoff soll bekanntlich schlecht sein für die Vernichtung von Feuer, deswegen brach es jetzt aus ihr heraus. Ein kurzes Aufzischen, ein Knacken ihrer Kehle, dann verstummte sie. Sie konnte nicht, sie konnte nichts. Die Unmöglichkeit dieser Begegnung stieg immer heftiger in ihr auf, fand keinen Weg hinaus. Er war an ihr vorbeigegangen, nach dreiundzwanzig Jahren ging er einfach an ihr vorbei und sie hatte jede Reaktionsmöglichkeit vertan.

Zu Hause. Die Gedanken kreisten. Der Fokus sollte eigentlich auf der Erörterung liegen. Sie klammerte sich an ihre kleine Normalität, presste den Alltag aus sich heraus, nuckelte verzweifelt daran. Abtreibung. Konzentrationsfetzen trieben vom eigentlichen Ziel ab, in Hunderte andere Richtungen. Er. Sie. Ihr Leben zwischen damals und heute. Das Leben danach. Das Leben währenddessen. Ihre Gedankenströme erhängten sich gegenseitig, versuchten einander mit aller Gewalt zu verdrängen. Es waren nicht einmal Gedankenströme, eher Gedankenwildwässer, die alles mitrissen. Ein Außenstehender würde hilflos mit den Armen rudern, versuchen, verschluckte Erinnerungen aus seiner Kehle hervorzuwürgen, Anschuldigungen auszuspucken und endlich klare Zusammenhänge einzuatmen. Entnervt besserte sie einen Rechtschreibfehler aus – Synonum – verdammt noch mal – es hieß: Synonym! Mit einer ausladenden Bewegung setzte sie zwei Rufzeichen daneben, starrte darauf. In ihr Leben war gerade ein großes Fragezeichen geplatzt, besser gesagt Hunderte. Die Fragezeichen setzten sich auf sämtliche Einzelteile ihres Lebens, überzogen alles.

Sie hörte Erichs Auto die Einfahrt herauffahren. Er stieg aus, sie starrte aus dem Fenster, wollte für einen kurzen Moment noch die äußere Ruhe festhalten. Die Tür wurde aufgesperrt, sie wartete auf seinen Ruf. »Angelika!« Der Ton war nicht fragend, er war sich so sicher, dass sie da war. Auch diese Sicherheit liebte sie.

Sie gab ihm einen flüchtigen Kuss auf die Wange, lächelte. Er zog sie zu sich, seine Hände auf ihrer Taille, zerwuschelte ihre Haare. Er strahlte. »Mein Beinahe-Geburtstagskind.« Kind. Vater. Sie hatte sich schon immer gerne für den Vater hingelegt. Das Thema Kind stand auch schon lange bei Erich und ihr im Raum, er wünschte sich, es auch endlich in ihren Kopf, ihr Herz und vor allem in ihren Schoß hineinsetzen zu können. Sie wusste von seinem Wunsch. Allerdings wusste sie nicht, ob ein Kind nur in ihr Leben hineingestellt werden sollte, weil es sich so gehörte. Weil es in das Leben einer glücklichen Beziehung passte, seine Gene zusammenzumixen, Liebe zu machen, um tatsächlich auch ein Produkt der Liebe entstehen zu lassen. Erich würde sich bestimmt um dieses Produkt kümmern. Er gab schließlich auch sehr gut auf sein Auto, sein iPhone und seine Bücher acht. Manchmal krabbelte ein Baby in ihrem Kopf herum; ein gesichtsloses Kind, mit großen Augen, das versuchte, sich an den Wänden ihres Verstands festzuhalten und sich daran in die Höhe zu ziehen; ein Baby, das Hilfe suchend die Arme nach ihr ausstreckte … aber sie konnte es nicht hochnehmen! »Wie wollen wir deinen letzten Abend mit vierunddreißig verbringen?« Er löste sich von ihr, löste das Baby aus ihrem Hirn, griff zum

Telefon. »Türkisch, Italienisch oder Thailändisch?« Ein Grinsen lag in seinem Gesicht, in diesem Haus wurde nicht gekocht. Passte nicht zur Auffassung eines emanzipierten, gleichberechtigten Paares. »Japanisch.« »Hmm ... Die Dame hat einen guten Geschmack. Vor allem bei Männern.« Sie lächelte.

Auf dem Tisch breitete sich eine Fülle an kleinen Schachteln mit exotischen Aromen aus. Gebratene Nudeln mit Meeresfrüchten neben Shrimps- und Avocado-Maki, dazu Gyozas und Lychee-Kompott. Erich zückte die Stäbchen, gekonnt schaufelte er Häppchen für Häppchen in den Mund. Seine Lippen glänzten vor Fett, seine Augen strahlten, als er ihr erzählte, wie seine Geschäfte heute gelaufen waren. Sie warf hin und wieder ein Wort ein, nickte, fragte und dachte. Was er wohl gerade machte? Jahrelang war er in ihrem Kopf unter der Erde gelegen, war zu einem hübschen Bäumchen herangewachsen. Plötzlich stand er wieder im Leben, war am Leben. Hatte er einen neuen Job, eine Wohnung oder ein Haus, eine Frau oder gar ein Kind? Dachte er noch an sie? Hatte er sie gesucht? Wie war das möglich? Wie konnte er nur? Wie konnte er nur leben? Sie konnte ihn mit nichts davon sehen, da war nur er, im luftleerem Raum, unter einer Decke mit weißen Lilien auf rotem Untergrund. Der Gedanke, dass er jetzt gerade, in diesem Moment, lebte und atmete und redete und liebte, ließ sich in ihrem Kopf beinahe nicht greifen. Vielleicht trank er gerade ein Glas Milch und aß dazu eine Gurke. »Und du? Wie war's bei dir? Die Kinder im Zaum gehalten ...?« Immer fragte er nach ihrem Tag. Sie begann zu erzählen, von den Kindern, von Kollegen, den Aufsätzen, die sich noch immer stapelten, ihrem Beschluss, neue Vorhänge für das Wohnzimmer zu kaufen. Das Gespräch ging auf und ab, wiegte sich langsam dahin, das Schaukeln war kaum wahrnehmbar. Nur manchmal verlor sie die Orientierung, hielt die Luft an, bis sie wieder wusste, wo die nächste Abbiegung zu nehmen war.

Wie jeden Abend ging Erich noch eine Runde laufen. Drei Kilometer. Um den Körper fit zu halten. Sie hasste laufen, genauso wie schwimmen oder Rad fahren. Der Körper wurde geschunden, während der Kopf plötzlich nicht mehr mit der Reaktion auf die momentane Banalität des Alltags beschäftigt war. Man begann zu denken. Wenn sie ein Buch verschlang, in einen Film versank oder über den Ablauf ihrer nächsten Unterrichtsstunde grübelte, waren ihre kleinen Gehirnzellen in Bewegung. Sie fokussierten auf ein Objekt, das sie zerschnitten, füllten, zusammensetzten und dann zufrieden abspeicherten. Bei Sport hatte sie immer nur diese Leere im Kopf, die dröhnte und verworrene Ideen und Gedankengänge produzierte. Währenddessen entsorgte sie lieber den Müll oder setzte sich noch einmal zu ihren

Aufsätzen. Der Rotstift fuhr rasant über das Papier – sie kritisierte, korrigierte, überlegte, beurteilte. Der Laptop surrte, manchmal musste eine grammatikalische Spitzfindigkeit geprüft werden. Ihre Finger verharrten über den Tasten, tippten kurz entschlossen »Vincent Müll…«, löschten die Buchstaben wieder, sie schüttelte den Kopf. Lieber nicht.

Jeder von ihnen lag unter seiner auberginenfarbenen Satinbettdecke. Sie las ein Buch, das sie in der Oberstufe demnächst durchnehmen wollte. Eine Novelle – über emotionalen Betrug und die Kunst, Liebe in sich wachzurufen. Die Wörter tropften dahin, schufen ein schönes Muster an Charakteren und Gefühlen, in dem man leicht versank. Die Hälfte der Klasse würde es nicht lesen, sondern ergoogeln, die anderen würden gespalten sein zwischen nicht verstehender Bewunderung und Unverständnis. Trotzdem würde sie es mit ihnen lesen, sonst würden sie es niemals aufnehmen, nicht einmal die Hälfte von ihnen. »Ich komme morgen schon um drei, dann haben wir den restlichen Tag für uns.« Erich beugte sich zu ihr, sein Magazin rutschte zwischen sie, trennte seinen bedeckten Oberkörper von ihrem Pyjama. »Was haben wir denn vor?« Sie lächelte, den Geburtstag plante immer der jeweils andere, kleine Überraschungen und Freuden erhalten bekanntlich die Liebe. Ein spitzbübisches Grinsen breitete sich in seinem Gesicht aus, es erreichte die Augen und er schüttelte den Kopf. »Willst du es mir nicht doch verraten?« Sie setzte ihre süßeste Kleinmädchenstimme ein und versuchte sich an einem gekonnten Augenaufschlag. Sie wusste, dass er das liebte. »Meine kleine Verführerin, aber nein, ich bleibe hart …« Scheinbar fing sie zu schmollen an, fuhr sich durch das Haar, spielte mit einer Haarsträhne. Plötzlich erstarrte sie in diesem Spiel, ihre Mundwinkel zuckten, sie schwieg.

Der nächste Morgen strahlte schon ein wenig durch das Fenster herein. Sie lächelte, als sie Erichs Duft wahrnahm – Hugo Boss – angeblich eine fruchtig-spritzige Kopfnote aus Zitrusfrüchten verbunden mit der Süße von Zimt und einem betont männlichen Fond aus Sandelholz und Vetiver. Sie nahm auch noch das Aroma von Kaffee wahr, das direkt aus seinem Mund strömte. Er gab ihr einen Kuss und summte ihr leise »Happy Birthday« ins Ohr. Sie lächelte. Das klassische Bild einer wunderschönen Beziehung, sie döste wohlig vor sich hin, während er das Frühstück zubereitete und sie dann wachküsste. Vor vier Jahren hatte sie ihn drei Tage nach ihrem Geburtstag mit einem anderen Mann betrogen. Nicht mit seinem besten Freund. Nicht mit einem Kollegen. Es hätte zu sehr nach abgeschmacktem Klischee gerochen. Aber was war denn heutzutage kein Klischee mehr? Bei ihr war es eine Zeitungsannonce gewesen. »Heißer, anonymer Sex – Wer hat Lust?« Sie hatte Lust gehabt und auch das Gefühl, gutes Geschirr an der Wand zerschmettern zu wollen, am Ende hätte es ihre Ehe sein können, doch das war ihr erst später bewusst geworden. Es war so einfach. Erich hatte Überstunden gemacht, sie hatte mit einem anderen gevögelt. In einem Park. Auf der Parkbank. Schnell. Unpersönlich. Befriedigend. Danach hatte sie sich nicht schrecklich gefühlt, es war nur Sex. Erich hatte sie nie davon erzählt.

Jetzt saßen sie am Frühstückstisch. Schwarzer Kaffee. Schwarzer Tee. Oranger Saft. Gelbbraune Semmeln. Grauweißes Müsli, mit fruchtigen Farbtupfern. »Deine Geschenke bekommst du am Abend.« Sie liebte Erichs Geschenke.

In der Schule gratulierten ihr einige Kollegen und Kolleginnen. Karin schenkte ihr selbst gemachte Marmelade, vom Deutschlehrertisch bekam sie »Gesammelte Kurzgeschichten der Trümmerliteratur«, der Direktor überreichte Blumen. Zwei Klassen sangen »Happy Birthday«, eine Klasse fragte, ob ihnen zur Feier des Tages die Hausaufgaben erlassen würden. Sie dachte an ihn, wie er ihr ein weißes Kleid mit Faltenrock und winzigen rosa Pünktchen geschenkt hatte. Er konnte sich gar nicht an ihr sattsehen und sie hatte sich wie eine Märchenprinzessin gefühlt. All diese Jahre hatte sie sich so große Mühe gegeben, ihn, alles aus ihrem Gedächtnis zu streichen, aber wie ein Splitter unter der Haut oder eine hauchdünne zartweiße Fischgräte in der engen Kehle weigerte er sich, sich entfernen zu lassen. Sie war still und leise und stumm dortgeblieben, hatte sich unbemerkt ins Fleisch gefressen, verursachte gelegentliche Schmerzen und verströmte jetzt wieder Gefühle von Scham und Stille und Wut. Nun war er aber wieder da, die Wunde war aufgeplatzt, blutete und eiterte und stank. Zum Geburtstag durfte sie das Kleid damals nicht tragen. Schließlich hatte ihr Oma eine himbeerfarbene Jacke gekauft, die sich ihrer Mutter zufolge wunderbar mit dem hellblauen Rock der Nachbarin kombinieren ließe. Im Grunde durfte sie es nie tragen, nur bei ihm. In den Nächten hatte sie es aber immer wieder heimlich angezogen und sich wie Cinderella darin gedreht.

Noch eineinhalb Stunden, bis Erich nach Hause kam. In der letzten Stunde hatte sie ihre Abendgarderobe zusammengestellt, ihr Haar zurechtgemacht, die Beine rasiert und sich die Nägel lackiert. Was nun? Die Uhr tickte, sie fühlte sich nichtig. Karin hatte sie eigentlich zu einem gepflegten Glas auf den Fünfunddreißigsten eingeladen, doch sie hatte dankend abgelehnt. Eine Ausflucht, die sie jetzt bereute, denn die Gedanken waren wieder da. Es war ein Fluch, den Kopf nicht einfach ausschalten zu können. Sie könnte noch einmal in die Stadt fahren, ein paar Leckereien einkaufen. Die Lüge saß groß und fett vor ihr, nur ein wenig spazieren gehen. In der Stadt. Einkaufen. Ganz harmlos.

Sie parkte das Auto am gleichen Platz wie gestern, richtete den Blick auf dieselbe Stelle. Im Film wäre er erneut zufällig vorbeispaziert, sein Blick wäre auf sie gefallen und das ganze Gesicht hätte sich verzogen. Vor Erstaunen und Erschrecken und entsetztem Gewissen. Ihr Blick wäre kalt gewesen, abweisend, und sie wäre in ihrem Auto davongerauscht. Oder hätte ihm eisig kalte Worte ins Gesicht gespuckt, die ihn in emotionale Tiefen verfrachtet hätten. Oder … Im Film wäre er aber auch jünger gewesen und sie attraktiver. Im Film wäre er noch am Leben. In Filmen passierte das alles gar nicht erst. So etwas verkaufte sich schlecht. Niemand wollte das sehen.

Entschlossen spazierte sie los, die Straße rauf, rechts, noch mal rechts, bewunderte ein Paar hellbraune Wildlederschuhe, spähte durch die Scheibe einer Konditorei. Es machte ihr fast Spaß, das Treiben, aber immer wieder ertappte sie sich dabei, wie ihre Augen suchten. Der Trieb in ihr forderte Befriedigung, aber der Kopf sagte Nein. In ihrem Magen war Hunger, sie unterdrückte ihn. Er knurrte als Antwort, zog an ihr. Ein paar Schüler wanderten an ihr vorbei, grüßten, tuschelten, lachten verschmitzt. War etwa schon die Schule aus? Sie blickte auf die Uhr – fünf nach drei. Verdammt. Ihre Schritte wurden schneller, Erich würde warten.

Als sie zu Hause ankam, saß Erich entspannt im Wohnzimmer und blätterte in einem Magazin. Seine Reaktion auf ihr Zuspätkommen war nur angedeutet. Ein kurzes Heben des Kopfes, ein Zusammenkneifen der Augen, ansonsten blieb seine Position unverändert. »Tut mir leid … Ich war noch mit ein paar Kollegen etwas trinken … Karin, du weißt schon … und da haben wir uns verquatscht.« Siedend heiß fiel ihr ein, dass er Karin angerufen haben könnte. Eine schlechte Lüge. Dabei hatte sie doch Talent, schließlich hatte sie Fantasie. Und Erfahrung. Hatte er überhaupt Karins Nummer? Seine Mundwinkel zogen sich langsam nach oben. Er sah sie an.

Fünfzehn Minuten später verließen sie das Haus. Sie trug ein schwarzes Kleid und roten Schmuck, dazu rote Schuhe und eine schwarze Handtasche. Erich hatte ihr ein Kompliment gemacht, als er sie in Augenschein nahm, sie gefiel. Sie fragte nicht laut, sondern nur sich selbst »Wohin fahren wir?«, er würde es nicht verraten. Sie öffnete das Fenster einen Spaltbreit, ließ die kühle Luft hereinströmen. Wie nebenbei legte sie Erich die Hand in den Schritt, ihre Finger begannen die Wölbung seiner Hose zu massieren. Er stöhnte. Wohin sie wohl fuhren? Er hatte nicht den Weg in die Stadt genommen, sondern bog gerade zur Autobahn ab. Ihre eigentliche Rechnung war, dass Erich sie in das neue französische Restaurant ausführen wollte. Die untergehende Sonne blendete sie, ließ rotorange Kringel vor ihren Augen tanzen. Sie riss die Augen auf, anstatt sie zuzukneifen, verspürte ein Brennen, das stetig zunahm. »Wenn du so weitermachst, werde ich nicht aus dem Auto steigen können. Und bald nicht mehr fahren können.« Das stimmte nicht. Nach sechs Monaten Affäre hatte sie ihm im Auto einen geblasen und er war nicht einmal ein kleines Stück von der Spur abgekommen. Sechs weitere Monate und sie hatten geheiratet.

Sie schaltete das Radio an. Rap – drehte weiter – Blues – nein, danke – gefühlsüberschwappende Kitschklänge – auch nicht das Richtige ... Erich verlangte nach einer CD im Handschuhfach, sie nahm die Hand aus seinem Schritt und kramte die gewünschte Scheibe heraus. Als sie bei Erich weitermachen wollte, schüttelte er den Kopf. Ein wenig gekränkt verschränkte sie stattdessen die Hände im Schoß. Die Sängerin im Radio wirkte anfangs betrunken. In Wahrheit hatte sie bloß eine sehr spezielle Art mit Worten umzugehen, sie spielte mit ihnen Verstecken und Fangen, ließ sie im Mund auf- und abgleiten wie stark alkoholische Kirschpralinen.

Endlich hielten sie, die Zeit war nur sehr zähflüssig zerronnen. Der Himmel erstreckte sich bereits blauschwarz über ihnen, mit einem fadenscheinig verhangenen Mond. Die Luft schmeckte klar und kalt und knisternd, ließ ihr die hellen Härchen auf der Haut aufstehen. Sie dachte an das französische Restaurant, wo sie jetzt gerade ihre geliebte Crème brulée verzehrt hätte, im Hintergrund Edith Piaf und mit ihrem warmen Bett in Aussicht. Unwillkürlich kam sie sich alt und bieder und fraulich vor. Das Hotel erstreckte sich vor ihnen, die breite Vorderterrasse mit kleinen Holztischen und wuchtigen Schaukelstühlen fiel zuerst ins Auge. Die Terrasse war leer, nur eine Handvoll weitere Autos befanden sich auf dem Parkplatz. »Ist die Überraschung geglückt? Wir zwei, Essen auf's Zimmer und ein eigener Whirlpool?« Erich war offenbar begeistert von seinem Geschenk.

Das Abendessen war ganz den Erwartungen entsprechend, delikat, wenig und stilvoll zubereitet. Beim Nachtisch musste sie unwillkürlich an Erdbeertorte mit speckiger Sahne denken. Er hatte sie wie sein kleines Mädchen gefüttert. Sie hatte es sich gefallen lassen, in der Überzeugung, bereits Reife und Eleganz auszustrahlen. Vermutlich hätte sie es damals nicht derart treffend formulieren können. Es war für sie wohl so etwas wie Liebe gewesen. Die vorbeigehenden Passanten hatten sich nichts dabei gedacht, es wirkte wie eine unschuldige Szene, vielleicht mit ein wenig Lolita-Charme. Der Vater fütterte sein Töchterchen. Sie öffnete artig den Mund für ihn. Nach mehr hatte es nicht ausgesehen.

Erich zog sie auf das Bett, seine Küsse waren fest und verlangend und warm. Mit großer Sicherheit öffnete er die kleinen Knöpfe ihres Kleides, darunter trug sie beige Wäsche. Verärgert fielen ihr die Dessous wieder ein, extra gekauft, extra für diese Nacht, und nun lagen sie, wie ein vergessenes Paar Socken, im hintersten Fach ihres Kleiderschranks. Noch andere Dinge fielen von ihr, vor allem die Lust auf den weiteren Verlauf des Abends. Erichs Hände kneteten ihre Brüste, fuhren über die Hüften, tasteten nach dem kahl geschorenen, trockenen Dreieck. Er grunzte wohlig auf.

Nach dem Beischlaf überreichte er ihr ein längliches schwarzes Kästchen, zwei Päckchen und zwei Schachteln. Sic packte lange silberne Ohrringe mit kleinen roten Steinen aus, danach folgten ein smaragdgrüner Pulli und ein schwarzer Rock, der eine Handbreit über dem Knie endete. In der einen Schachtel lag eine rote Ledertasche von Tosca Blu. Alles schöne, teure Geschenke, die exakt ihren Geschmack trafen. Die andere Schachtel war zartrosa und sehr leicht, darin befand sich ein hellgelber Strampelanzug. Das Lächeln in ihrem Gesicht wurde kurz starr, dann aber schnell wieder in Form gebracht. »Gefällt es dir? Ich dachte, es wäre ein guter Anfang.« Das Lächeln fiel herunter. »Ich denke, es ist mir zu klein.« Ein Scherz, um noch schnell der kommenden Situation von der Schippe zu springen.

Sein Gesicht verlor etwas, es sprang einfach heraus. Lag da am Boden und sie verspürte plötzlich den übermächtigen Drang darauf herumzutrampeln. Es sollte in den Ritzen des Fußboden verschwinden und erst wieder hervorkommen, wenn hier ein anderes Paar saß.

Am nächsten Morgen frühstückten sie im Hotelrestaurant. Der Bedarf an Zweisamkeit hatte sich gestillt, es würde wohl Zeit brauchen, bis der Durst danach wieder in ihrem Inneren erwachte. Durststrecke. An den übrigen Tischen saßen vereinzelt Paare, die Gesichter der Damen und Herren verrieten bereits ein höheres Alter. Sie aßen in kleinen, eleganten Häppchen und schwiegen sich hoheitsvoll an. Insgeheim fragte sie sich, woher es kam, dass mit steigendem Alter die Wortanzahl sank. Es schmeckte nach Bekanntem. Die Worte schienen runzliger und fahler zu sein. Man machte nur noch selten davon Gebrauch. Hatten sie die Sprache bereits aufgegeben, im Bewusstsein, dass sie bei dem Partner oder der Partnerin nur auf taube Ohren stoßen würden? Doppelsinnig zu verstehen. Oder kannte man sich schon so gut, dass die Kommunikation sich auf einer nicht hör- und greifbaren Ebene abspielte? Erich und sie hatten dieses Stadium scheinbar erklommen, denn sie reihten sich naht- und mühelos in die stillen Gewohnheiten des Saales ein.

Sie spazierten durch die schöne Verlassenheit der

Natur, die um das Hotel herum lag. Hier störte die Einsamkeit einen nicht, weil sie begründbar war. Keine Menschen. Denn wer sich unter Menschen alleine fühlt, ist in gesellschaftlichen Angelegenheiten ein Versager. Sie wäre gerne ohne Erich losgegangen, so kam in ihr immer wieder das Bedürfnis auf, ein paar Worte hier und da in die Umgebung einzustreuen. Er war einsilbig, die Worte flossen nur in kleinen Bächen aus seinem Mund, manchmal auch nur ein Tropfen. Der Streit von gestern saß ihm anscheinend noch in den Knochen, hatte sich dort ein behagliches Nest gebaut und wollte wohl so schnell nicht mehr aus ihm verschwinden. Unwillkürlich stellte sie sich vor, wie er seine Eingeweide parasitär befiel und er irgendwann deswegen tot umfiel. Das Baumgeäst zeichnete sich dunkel gegen den wolkenverhangenen Himmel ab, der Boden klebte einem an den Füßen, schmatzte bei jedem Schritt laut auf. Sie plapperte weiter, der Monolog zog sich, irgendwann kam das Ende. Die Worte waren aufgebraucht. »Wollen wir wieder zum Hotel?« Erich nahm sie an der Hand und zog sie zurück.

Beide hatten sie in ihre Tennisgarnitur gewechselt, sie in einen kessen Rock, er in hellblaue, angeblich dynamische Hosen. Die Plätze waren bis auf einen unbesetzt. Ihre Beinarbeit ließ sich im Bereich mittlere Katastrophe einordnen, bald würde es wohl eine ausgewachsene werden. Dafür war Erichs Vorhand auch nicht sonderlich brauchbar, aber er legte doch ein ganz gutes Spiel hin. Seine Bälle trieben sie über den Platz. »Darf ich Sie kurz stören? Entschuldigung?!« Sie sah auf und blickte in ein Paar blauer Augen, der dazugehörige Mann war wohl an die vierzig. Seine deutlich jüngere Freundin lächelte schüchtern und winkte mit ihrem Tennisschläger. Sie wirkte auf eine billige Art hübsch, auf den zweiten Blick sexy und einen Moment später hatte man sie auch schon wieder vergessen. Sie stellten sich als »Lina und Klaus« vor und fragten nach einem gemeinsamen Spiel. Erich willigte ein. Da stand sie nun am Court, mit dem Schläger in der Hand. Erich eröffnete das Spiel, Lina verfehlte den Ball und Klaus brüllte: »Pass doch auf!« So blieb es für den Rest des Spieles, Klaus schrie bei jedem Fehler, der ihm oder seiner Freundin unterlief, sein Gesicht wechselte die Farbe, kam dem Rot von Ampeln und Tomaten und verbrannter Haut näher. Doch auch auf ihrem Antlitz brannte die Wärme, Schmerz pulsierte in ihren Beinen und die Oberarme gehorchten dem Gesetz der Schwerkraft – hinunter mit ihnen. Erichs ganzes Spiel machte allerdings klar, dass das hier durchgestanden werden musste. Seine Kiefermuskeln zuckten, und obwohl ihm keine Kritik entkam, merkte sie, wie er jeden ihrer für ihn unbefriedigenden Spielzüge mit Ärger quittierte. Den ersten Satz gewann das gegnerische Pärchen knapp. Bei jedem Schlag quiekte Lina auf, es klang wie der Schrei vor einem mittelmäßigen Orgasmus. Erbarmen!

»Gutes Spiel.« Klaus reichte ihr über das Netz die Hand, fleischige Lippen entblößten eine Reihe weißer Zähne. So gelassen, so unglaublich cool wirkte er nun, nichts konnte diesen Mann erschüttern. All das lag in seinem Händedruck, außer es ging um ein Tennisspiel mit einem unbekannten Paar an einem verregneten Samstag, dann verlor er die Fassung zwischen Tennisschläger und Ego. Sie mochte ihn, das aggressive, laute Spiel war zwar irritierend gewesen, aber immer noch besser als lange Schweigetiraden. »Danke schön.« Nun ergriff Erich Linas Hand, ließ sich zu seiner Niederlage beglückwünschen. Seine Augen blieben eine Spur zu lange an ihrem schweißtriefenden weißgrauen Shirt hängen.

Zu viert schlenderten sie zum Hotel, Lina hatte sich bei Klaus eingehängt. »Wollen wir uns zum Abendessen treffen? Gegen den Seniorenverein protestieren?« Klaus lachte dröhnend über seinen eigenen Scherz. Man verabredete sich für sieben Uhr und trennte sich dann, um den Körper von Schweiß und Ärger reinzuwaschen. »Angelika, wir sollten wieder häufiger Tennis spielen. Eine Blamage war das.« Er meinte wohl eher, dass sie sich beziehungsweise ihre körperliche Verfassung bloßgestellt hatte. Ungerecht, war doch Linas Körper sehr viel entblößter gewesen und das hatte anscheinend ganz und gar nicht gestört. »Es war nur ein Spiel, Erich. Keine weltbewegende Sache.« Oder hatte ihn die Erkenntnis bewegt, keine Fünfundzwanzigjährige am Arm zu haben? »Du musst mehr auf deinen Körper achten.« Sie biss sich hart auf die Zunge, zerbiss ein Wort in ihrer Mundhöhle, schluckte die Reste hinunter. Verärgert streifte sie ihren Rock vom Körper, schnappte sich eines der weißen Handtücher und rauschte ins Bad. Die Stimmung besserte sich den ganzen Tag nicht mehr. Sie las, er lag im Whirlpool und starrte die Wand an. Für das Abendessen fand sie in ihrem Koffer ein fließendes weißes Kleid, in das silberne Fäden eingenäht waren. Erich hatte gut eingepackt. Für dieses Hotel eigentlich fast zu elegant, aber ihr war danach. Er blickte sie missmutig an, vielleicht ahnte er, dass sie nicht für ihn ihren Körper betonte und die Gesichtszüge mit Farbe und Aufwand zur Geltung brachte. In der Lobby wurden sie bereits erwartet und Klaus zeigte sich begeistert von ihrem fast freigelegten Busen und vielleicht auch von ihren kleinen Worten, die sie zu sagen wusste. Er unterhielt sie mit Geschichten über eine Reise nach Indien und Thailand, berührte immer wieder zufällig ihre Hand. Lina lachte durchgehend eine Spur zu laut über seine am Rande dahinsumpernden Witze, Erich schwieg die erste halbe Stunde. Dann wandte er sich Lina zu und mit einem Schlag machte ihr der Abend keinen Spaß mehr.

Sie fühlte sich schlecht, ihr entglitt der Faden der Unterhaltung, vollkommen blank sah sie Klaus an, hörte ihn etwas über billige Flugpreise faseln und lauschte gleichzeitig Erichs Stimme.

Zurück im Zimmer war die Stimmung zwischen ihnen schweigsam, schon wieder. »War ja ganz nett.« Er blickte sie nur an, das machte sie rasend. Konnte er nicht einfach schreien und toben, ihr seine Gekränktheit ins Gesicht reiben, ihr die Aggressionen verbal auf den Körper prügeln? Dieses Dahinvegetieren in Ignoranz und Reaktionslosigkeit heizte die Wut in ihr noch zusätzlich an. »Was ist? Rede mit mir!« Wie ein interessantes Insekt musterte Erich sie, dann nahm er seine Sachen und verschwand ins Bad. Der Wahnsinn trieb ihr aus allen Poren.

Erich schrie ihr zu, sie solle sich schneller auf dem Spielfeld bewegen, während Lina und Klaus am Spielfeldrand standen und immer wieder höhnisch lachten. Überall waren Bälle, die sie schlagen musste. Immer härter schlug sie zu. Eine Menschentraube bildete sich um das Feld, plötzlich glaubte sie, Vincent in der Menge zu sehen. Sie wollte noch einmal hinsehen. Bitte, ihn nur noch einmal sehen dürfen. Bitte. Ein Ball pfiff ihr um die Ohren, der nächste verfehlte nur knapp ihre linke Schulter. Noch einmal hinsehen. »Angelika, beweg dich!« Erich schrie, Lina lachte. Wo war Vincent? Klaus strahlte sie an, griff sich in den Schritt, obwohl seine andere Hand mit Lina verbunden war. Da war Vincent, einen Arm um Benjamin gelegt. Was machte ihr Schüler hier? Und was trieb Vincent mit ihm? »Schneller, Angelika!« Sie wälzte sich auf die eine und dann wieder auf die andere Seite. Fasern in ihrem Körper empörten sich über die Schmerzen, im Kopf rumorte es seltsam.

Als sie in die bedeckende Dunkelheit der Nacht blickte, fühlte sie Dankbarkeit, der Albtraum in ihrem Gehirn ebbte langsam ab, die Muskeln lockerten sich. Erich schnarchte leise neben ihr. Am Anfang ihrer Beziehung hatte sie dieses Geräusch gerngehabt, als würde sie die Brandung des Meeres in den Schlaf schaukeln, inzwischen zog und zerrte es an ihren Gehirnwindungen. Sie schloss die Augen, wartete auf den Schlaf.

Der Schlaf war nicht zurückgekommen, hatte sie versetzt, und nun lag sie noch immer da. Auf's Kreuz gelegt. Sie stand auf, schlich ins Bad und trank einen Schluck Wasser aus der Leitung. Whiskey wäre ihr jetzt besser bekommen. Zu Hause hätte sie im Wohnzimmer geistlose TV-Sendungen konsumieren können oder Schokolade im Mund versenkt. Oder Hefte korrigiert. Oder vielleicht sogar masturbiert. Hier waren die Wände aus Pappe und der Ehemann zu nahe.

Im weißen Hotelbademantel verließ sie leise das

Zimmer und wanderte den Flur entlang. Nachts wirkte das Hotel gespenstisch, ein Licht an der Wand flackerte leicht. In der Lobby saß nur der Portier, tief versunken in seinen Laptop, vielleicht sah er gerade einen tonlosen Porno. Sie huschte in den Keller, wo sich den Schildern zufolge ein Swimmingpool befand. Erich mochte öffentliches Baden nicht, aber nun schlief er ja. Der Geruch von Chlor stieg ihr in die Nase, die Luft war angenehm feucht. Als sie die Tür aufstieß, vernahm sie ein Quietschen, gefolgt von einem Stöhnen. Sie durchquerte den Duschbereich und verharrte am Eingang zum Schwimmbad. Wartete. Lautes Atmen, wieder der seltsame, hohe Laut. Die Schwimmbadbeleuchtung tauchte das Ambiente in ein warmes, schummriges Licht. Lina lag auf einer der Liegen und hatte Klaus ihren Hintern zugewandt, während er von hinten in sie eindrang. Still und steif stand sie da, beobachtete. Klaus hob den Kopf und lächelte. Eilig trat sie einen Schritt zurück, wie peinlich. Wenn er sie nun gesehen hatte? Doch die Geräusche nahmen nicht ab und unwillkürlich wagte sie noch einen Blick. Klaus sah ihr in die Augen, während er weiter seine Freundin rammelte.

Am nächsten Morgen begrüßte sie Erich mit einem Kuss auf den Mund. Sie schmiegte sich an ihn, massierte die Spannung in seinem Körper und der Seele einfach weg. Als er kam, wusste sie, dass die Aggressionen im Gestern geblieben waren. Sie unterhielten sich über die Pläne für den Tag. Als sie zum Frühstück gingen, hielten sie sich an den Händen. Mit Erleichterung stellte sie fest, dass Klaus und Lina noch nicht da waren. Es wäre ihr peinlich gewesen. Ihre Position auf der Skala der Entwicklungsstufen von Pärchen hatte sich verändert, diesmal fand an ihrem Tisch Kommunikation statt.

Den Vormittag verbrachten sie, heute gemeinsam, im Whirlpool, das Mittagessen wurde ihnen auf's Zimmer serviert. Als sie auscheckten und das Gepäck zum Auto bringen ließen, meinte sie eine aggressive Stimme vom Tennisplatz her zu vernehmen. Vermutlich hetzte Klaus gerade Lina durch die Gegend.

Erich döste im Auto zu Marvin Gaye, sie fuhr. Diesmal nahmen sie nicht die Autobahn, sondern wählten die Landstraße. Kleine Einfamilienhäuser zogen vorbei, gefrorener Ackerboden – die Schollen von Eis und Frost verkrustet, Wälder, in denen die Bäume alle Blätter von sich geworfen hatten und einem dennoch der Blick ins Innere verwehrt blieb. Sie verlor sich in der Fahrt, genoss die automatisierten Bewegungen und die kühle Luft, die durch einen kleinen Spalt hereinfloss. Das Blut pochte in ihrem Kopf, immer weiter lief sie ins Innere hinein und die Musik hob sie davon.

Er war hinter ihr, keuchte, erreichte sie. Seine Arme breiteten sich aus, zogen sie hinein, wirbelten ihre Gestalt um sich. Seine Lippen waren warm, als sie ihre

Stirn berührten, ihre Wangen, langsam tasteten sie nach ihren Lippen. Noch immer hielt er sie, die dünnen Beine baumelten über dem Boden.

Vor Schreck trat sie fest auf die Bremse, der Wagen schlingerte, Erichs Mund entfuhr ein Laut zwischen Verwunderung und Schrecken. Sie riss das Lenkrad herum, bekam den Wagen wieder unter Kontrolle. Sie war nicht im Wald, sie war kein kleines Mädchen mehr, sie musste sich beherrschen. Aber es war so real gewesen, es war so sehr da gewesen, in ihrem Kopf. »Alles in Ordnung? Angelika?« »Ja.« Erich saß neben ihr, sie war fünfunddreißig. »Alles in Ordnung. Es war nur ein Schlagloch, das ich zu spät gesehen habe. Glaube ich. Ist ja auch egal, wir haben es heil überstanden.«

Die letzten Noten waren eingetragen. Der Heftestapel lag befriedigend vor ihr, achtundzwanzig Arbeiten korrigiert und bewertet. Die Worte waren abgewogen worden, subjektives Empfinden und eindeutig festgelegte Fehler auf der einen Seite, die gerechte Note auf der anderen. Der Notendurchschnitt war berechnet, alles abgespeichert. Ihre Finger hingen über der Tastatur, warteten auf den nächsten Befehl des Gehirns. Doch etwas in ihrem Kopf zögerte, wollte die schon aufgestoßene Tür nicht noch weiter öffnen. Doch da fuhren sie bereits über die Tastatur: »Vincent Müller«.

Den Namen hatte sie immer gemocht. Vincent – wie Vincent van Gogh, dessen Pinselstriche es schafften, sie mit den Kartoffelessern seiner Bilder an einen Tisch zu setzen und ihr kärgliches Mahl zu verzehren, nur erhellt von einer schwachen Funzel. Oder in dem Lokal, wo die Farben seiner Kunst einem nur so ins Gesicht und in die Augen leuchteten, die Billardkugeln zum Klingen brachten. Nur der Sonnenblumenduft war ihr nie in die Nase gedrungen. Müller stellte einen komischen Kontrast dazu dar, aber für sie war er ohnehin oft einfach nur »Daddy«.

Das erste Ergebnis spuckte einen Vincent Müller aus dem Jahre 1894 aus, einen deutschen Offizier. Die zweite Seite hatte irgendetwas mit Theater zu tun. Sie wurde ungeduldig, schränkte die Suche ein. Fügte das Wort »Kind« hinzu. Plötzlich hatte sie sein Bild am Monitor, dazu alte Zeitungsartikel. Ihr eigener Name tauchte auf, damals noch Angelika N., eine »unschuldige Schülerin«, manchmal auch »bedauernswertes Opfer«, einmal »verwahrloste Kleine«. Sie las und schluckte, und spürte die Verstörung in sich Wurzeln schlagen. Sie vergrub sich immer weiter in Informationen, Kommentare und Geschichten schwappten über ihrem Kopf zusammen. Aussagelose Zeilen drangen in ihre Nase und hinterließen einen pelzigen Geschmack auf der Zunge.

Vergeblich suchte sie nach Anhaltspunkten zum heute und jetzt. Zum damals gab es ja genug. Warum war er in die Stadt gekommen? Suchte er nach ihr? Aber was wollte er dann? Sie dachte an Erich, aber nur für einen Augenblick, sie hatte ihm nie etwas davon erzählt. Es gab nichts außer der Erinnerung, und jedes Mal, wenn sie einen Teil davon umdrehte, klang ein anderes Stück davon in ihr nach, sodass sie auch danach suchen musste. Aber es kam nichts Brauchbares dabei heraus, immer zerrannen sie wieder ineinander, wurden zu einem unförmigen Klumpen. Sie musste weiter suchen, musste sie? Ärgerlich löschte sie seinen Namen.

Die vierzehnjährigen Mädchen in der dritten Reihe hatten offensichtlich nur wenig über Faust – Sünde und die Essenz des Lebens – zu sagen. Sie waren Verkörperungen von Vorurteilen vieler älterer, manchmal auch reiferer Menschen über junge Leute, da sich ihr Interesse auf ihre und fremde Körper reduzierte. Auf ihrer Haut trugen sie mit unsichtbarer Tinte tätowiert: »Nimm mich!«, bei den Schüchternen momentan noch »Beachte mich!«. Aber es war unübersehbar, stach den Betrachtern ins Auge und dem männlichen Anteil auch in die Hose. Die älteren und häufig weiblichen Urteilenden schüttelten die Köpfe, ihre Missbilligung vor sich hertragend, ihren Neid unter der Haut brennend. Dennoch versuchte sie ihnen gerade etwas über das Gretchen zu erzählen, über Schuld und Opfer. Die meisten ihrer Schüler und Schülerinnen kritzelten unverdrossen verschlungene Muster, kleine obszöne Zeichnungen oder vor Weisheit triefende Sprüche auf Hefte und Unterlagsmatten, Benjamin las unter dem Tisch einen Comic. Sie teilte Arbeitsblätter aus, die Stifte wischten unmotiviert über das Papier. Sie betrachtete Petra, die an einem ihrer kleinen Zöpfe kaute, ein Kreuz mit Totenschädel baumelte zwischen ihren Brüsten. Sie kannte die Reden im Lehrerzimmer über die frühreifen Mädchen, die sich ihrer Wirkung doch noch gar nicht bewusst waren, deren Eltern nur Ignoranz darüber walten ließen und bei denen das Ende mit baldigem, herausgepressten Leben absehbar war.

Am Montag hatte sie immer die Aufsicht am Ende der letzten Stunde. Kinder eilten zu ihrem Bus, andere – die privilegierter waren – wurden von ihren Eltern, Großeltern oder Haushälterinnen abgeholt. Väter nahmen Töchtern ihre Schultaschen ab, gaben ihnen harmlose Begrüßungsküsse, die Mädchen erzählten von ihren letzten Stunden. So ähnlich musste es bei ihr auch gewesen sein, als ihr Daddy gekommen war. Sie war schnell zu ihm gerannt, hatte die Arme um ihn geworfen und er hatte sie eilig in sein Auto gedrängt. Ihre Schultasche mit dem kleinen Glücksschweinmaskottchen am vorderen Fach wurde achtlos auf die Rückbank geworfen. Sie plapperte los mit rosigen Wangen, vor Stolz zitternd, dass er sie von der Schule abholte. Er musste der Verzweiflung nahe gewesen sein, aber das wusste sie erst jetzt. Petra stolzierte an ihr vorbei, ihr roter Mini wurde von einem Windstoß aufgehoben.

Nach der letzten Stunde parkte sie ihr Auto wieder an der gleichen Stelle wie die letzten beiden Male. Sie wanderte umher, sie suchte. Es waren nur wenige Leute auf der Straße. Sie hatten die Mütze tief ins Gesicht und den Schal über den Mund gezogen. Und wenn er nun einfach an ihr vorbeiging und sie bemerkte ihn gar nicht? Wie oft passierte es, dass sich Menschen um Häuserschnelle, Sekundenbreite und Letztschritte verpassten und es nie erfuhren. Es war ihnen egal, denn sie wussten ja gar nichts davon, und was nicht passiert ist, kann nie Erinnerung werden. Vincent … da war er! Schweißperlen bildeten sich zwischen den Brüsten und unter den Achseln, sie sah seinen breiten, vertrauten Rücken, blonde Haare mit einzelnen weißen Fäden blitzten unter einer schwarzen Mütze hervor. »Vincent …« Sie hatte seinen Namen laut ausgesprochen, vielleicht war es unabsichtlich gewesen. Ihre Stimme war unnatürlich, klang nicht nach ihr selbst, sondern nach Kind und Angst. »Vincent …« Er drehte sich um und Fremdheit musterte sie. Eine Täuschung, er war es nicht … vor ihr stand ein eleganter Unbekannter und musterte sie nicht unfreundlich, aber doch mit dem misstrauischen Abstand, den man fremden Leuten auf der Straße entgegenbringt. Peinlichkeit und Scham berührten ihr Inneres und sie hastete weiter.

Sie kam sich vor wie einer jener Menschen, denen die Außenwelt die Kategorisierung »Verrückte« oder »geistig Abnorme« umhängt, die einen manchmal mit glasigem Blick ansprechen, der sofort klar macht, dass sie den Blick für die allseits akzeptierte Realität verloren haben. Die Suche nach ihm war so frei von Sinn, dass sie am liebsten laut aufgelacht hätte. Aber es wäre wohl ein hohles Lachen geworden. Sie betrat eine kleine Bar, schlüpfte aus dem dunkelbraunen Mantel und zog sich ihren weißen Schal vom Hals. Schade, dass man sich nicht auch ein paar Gedanken und Vergangenheitsstücke rausziehen konnte. »Einen Tee, bitte. Und einen Cognac.« Die letzte Bestellung war spontan erfolgt, sie trank sonst nie alleine. Hin und wieder ein Glas Wein mit Freunden oder ein schicker Cocktail, aber nichts, das aus dem Rahmen fiel. Ein Cognac sprengte diesen aber sicher auch nicht.

Ihre Beine waren schwer, die Augen verlangten nach Schlaf. Sie wollten wohl einfach nicht mehr wahrnehmen müssen, wie ihr Körper schwankte. Das Gehirn versuchte sie zu steuern, einen Schritt nach dem anderen. Aufrechter Gang. Durchschnittliches Mienenspiel. Regulierte Bewegungen. Beinahe stolperten die Beine, der Oberkörper wankte bedenklich. Die Arme ruderten, schafften das Gleichgewicht wiederherzustellen. Der Mund saugte die eisige Luft scharf ein, die Lungen schrien entsetzt auf, die Kälte brannte in ihnen und den Lippen entsprang ein entsetztes Stöhnen. An den Armen bildete sich Gänsehaut, die Nackenhaare begannen sich aufzustellen. Das Gehirn sagte, dass man nur noch eine Straße weit gehen musste, bis das Auto endlich erreicht war. Plötzlich vernahm sie ihren Namen. Junge Skelett- und Knochenansammlungen nickten mit ihren Köpfen, sprachen eine Begrüßung aus, ihre Augen hafteten an ihrem Gesicht. Sie verzog die Züge ihrer körperlichen und mimischen Visitenkarte zu einem erfreuten Ausdruck. »Hallo. Wo wollt ihr denn hin?« Die Stimmbänder wollten nicht so, wie die Masse unter ihrer Schädeldecke, das Produkt – die Stimme – klang fremd. »Ein wenig shoppen, Frau Professor.« »Dann noch viel Spaß.« Die Haare klebten am Hals, eine seltsame Taubheit lag unter der Brust versteckt. Die Finger begannen in der Handtasche zu kramen, bekamen die Schlüssel zu fassen, zitterten, weil eine Übelkeitswelle im Rachen anwuchs. Der Schlüsselbund lag am Boden, ein verstörter Blick wurde von den Augen entsendet. Vorsichtig ging der Körper in die Knie, der Alkohol pochte. Die Unterschenkel beschwerten sich über die Anstrengung, alles zitterte, die Poren produzierten Schweiß. Daumen und Zeigefinger hoben die Schlüssel hoch, die Beine schafften noch die letzten Schritte zum Auto.

Als sie erwachte, fühlte sich ihr gesamter Körper gefroren und somit unwirklich leblos an. Doch die erste Bewegung brachte ein seltsames Dröhnen in ihr zum Erklingen, dessen Echo immer wieder in all ihren Fasern und in jedem Winkel ihrer Nervenbündel widerschallte. Der Nachhall pochte sogar an ihren Augäpfeln, ließ Tränenflüssigkeit austreten. Das Handy summte in ihrer Handtasche, »Erich« leuchtete auf dem Display. Sie nahm das Gespräch an, erwartete mahnende Fragen und in Fürsorge verpackte Vorwürfe, bittersüße Geschenke, die beim zweiten Bissen ranzig schmeckten. In diesen Fällen war es aber unmöglich sie zurückzugeben, sie klebten bereits an einem. »Angelika, ich komme heute später nach Hause. Die Arbeit türmt sich in meinem Büro, warte nicht auf mich.« Sie stellte sich vor, wie er irgendwann von Aktenbergen erschlagen wurde, wie sein Leichnam geborgen wurde, aus einem Geröll von Zahlen, Prognosen, Verträgen und Notizen. »Kein Problem. Ich bin gerade am Hefte Korrigieren. Bleib, so lange du musst!« Die Lüge war so einfach, so spielerisch. »Ich liebe dich.« Er legte auf. Wahrscheinlich log er nicht einmal.

Zu Hause angekommen, nahm sie ein Aspirin, trank zwei Gläser Wasser und stellte sich anschließend unter die Dusche. Noch immer fühlte sie sich nicht wirklich und die Gedanken gingen in seltsame Richtungen, schwankten, verzweigten, stockten. Nie wieder … mir ist so schlecht … ich muss Rosenduft … wann wohl Erich kommt? Und neue Rasierer kaufen … das ist mir schon lange nicht mehr … ob mich jemand gesehen hat … die Kinder …warum gerade heute … Erich muss demnächst die Handwerker kommen lassen … wann wirkt denn endlich das Aspirin? … wie das duftet … warum gerade heute? Und nochmal kalt … ah … verdammt … der Kopf … Das Wasser prasselte auf ihre Haut – warm, kalt, warm, kalt, heiß. Sie seifte sich ein, rasierte ihre Beine. Schnitt. Blut rann in den Abfluss, es brannte höllisch, endlich fühlte sie sich wieder.

Als Erich nach Hause kam, lag sie schon im Bett. Der Schlaf war diesmal schnell in sie gekrochen, hatte alles in ihr übermannt. Verschwommen nahm sie wahr, wie er sich auszog und sich danach auf seine Hälfte des Bettes setzte. Er roch nach seinem vertrauten Parfüm, aber es stieg ihr noch etwas anderes in die Nase.

Frisches Holz, eine Prise Marihuana und noch eine undefinierbare, erdige Nuance. Raue, schwielige Finger fuhren ihr über das Gesicht, die kleine Narbe in der rechten Handinnenfläche kratzte sie. Sie rieb ihre Wange daran, stöhnte leise auf. Wartete auf seine Umarmung, in die sie hineinkraxeln konnte.

Als diese nicht kam, öffnete sie ihren Blick. Irgendwo in ihr war die Erwartung seines Gesichts, stattdessen konnte sie im Dunkeln Erichs Züge wahrnehmen.

»Habe ich dich geweckt?« »Nein … Ja, ich habe nur gedöst.« »Angelika, ich bin befördert worden. Schon wieder. Eigentlich dachte ich, sie würden Marie auswählen, so wie sie mit dem Chef geflirtet hat. Und dann auch noch die Frauenquote … Aber kurz bevor ich gegangen bin, ist der Burgmann zu mir gekommen. Ich dachte, ich sei ja der Einzige, der noch in der Firma war, aber nein, der Chef war auch noch da …« Sie nickte und blickte interessiert und überlegte, wann sie endlich wieder in die Kissen und somit in den Schlaf sinken durfte. Waren seine Hände immer schon so weich gewesen? »Und dann hat der Chef gemeint, ich sei wohl der Beste, und nächste Woche würde er seine Entscheidung bekannt geben!« Einen Moment dauerte es zu lange, bis ihr die Antwort auf der Zunge lag. Ein enthusiastisches »Fantastisch, Erich« wurde aus dem Mund entsandt. Er merkte es nicht, redete weiter. Und sie nickte und blickte weiterhin interessiert. Zum Lächeln reichte es in dieser Stunde nicht mehr.

Das Aspirin musste jede Nachwehe des Alkohols rechtzeitig aufgelöst haben, denn sie fühlte sich am nächsten Morgen frisch und ausgeglichen. Irgendetwas entlockte ihr sogar ein Lächeln. Vielleicht war es, weil sie heute mit Erich endlich das französische Restaurant besuchen würde. Oder vielleicht weil sie heute nur drei Unterrichtsstunden bestreiten musste. Oder weil der Morgenkaffee so stark war, dass die Milch es nicht schaffte, das Schwarz in ein Grau zu verwandeln. Oder weil sie im Schlaf von rauen, festen Lippen geküsst worden war. Auch auf den Mund. Aber daran konnte sie sich wahrscheinlich gar nicht mehr erinnern.

Die ersten beiden Stunden liefen an ihr vorbei, die Kinder, die Grammatik und Astrid Lindgren sausten blitzschnell durch den Klassenraum und schon stand sie wieder am Gang. Noch eine Stunde, Benjamin kaute Kaugummi. Sie ignorierte. Amelie steckte Petra einen Zettel zu. Sie tolerierte. Dafür reagierten die Kinder auf Goethe nicht. Alles im Leben hält sich die Waage. Danach begab sie sich ins Lehrerzimmer, korrigierte und bereitete sich auf die kommenden Tage vor. Vom Nebentisch her hörte sie ein paar Fetzen einer Kommunikation. »Mit ihr wird es nicht gut enden …« Enden? Schön, dass man an ihren Schulheften bereits ihren Tod beurteilen konnte. Ob der Sensenmann wohl auch nicht genügend war? »Sechzehn und mindestens zwanzig …« »Dabei ist die Petra ja im Grunde ein liebes Mädchen, wenn auch ein bisschen dumm …« »Die Erwartungshaltungen sind dann ja so verschieden …« Sie ergänzte in einem Wort das »sich« zu » sich selbst« und lauschte dem Gespräch ein wenig genauer. »Vor ein paar Tagen hat er sie von der Schule abgeholt, wie seine kleine Schwester hat sie ausgesehen. Was sie in ihm sieht? Was er von ihr will, dürfte klar sein …«

Die französische Zwiebelsuppe mit Käse überbacken schmeckte köstlich, dafür war Erichs Tartiflette der Weißwein zu üppig beigemessen worden. Hin und wieder schmeckte sie in ihren darauf folgenden Crêpes mit Pilzen eine Prise Ärger. Er erging sich über sein künftiges Einkommen, seinen inzwischen guten Namen und eine Strategie, die für ihn erneuten Erfolg versprach. Sie bemühte sich, seine Ansichten zu teilen oder sich zumindest von seinen ein Stück abzuschneiden, um sie als ihre eigenen zu verkaufen. Aber irgendetwas kam dazwischen … Die vielgerühmte Crème brulée lag herb im Mund. »Erich, das ist großartig. Ich bin so stolz auf dich.« Der Stolz in ihr gab dem Nachtisch noch eine zusätzliche, gallige Note. Sie kannte diese Emotionen von früheren Gratulationen und nicht gefühlter aber ausgesprochener Anerkennung, sie konnte sogar in ehrlichen Momenten zugeben, dass hier ein Stich Missgunst hineinspielte. Die Versuche, Eifersucht und Neid zu Außenseitern zu machen, sie vielleicht sogar aus dem Spiel zu mobben, scheiterten aber immer wieder an ihrem sozialen Empfinden. »Eine Schülerin von mir treibt es gerade mit einem Zweiundzwanzigjährigen.« Sein Alter wurde um der Dramatik willen höhergesetzt, die Worte für den Effekt ein wenig roher als üblich gewählt. Erich zeigte nur den Hauch von Irritation, sein Löffel versenkte sich in der Crème brulée. Themenwechsel. »Wie alt ist sie denn?« »Sechzehn.«

Warum nur diese Aussage? »Ziemlich jung. Das würde ich meiner Tochter nie erlauben.« »Aber wenn sie ihn liebt? Und er sie?« Gerade hatte die Crème brulée noch eine zarte Süße in ihren Geschmacksknospen hervorgerufen. »Ich bitte dich. Er wird Sex von ihr wollen und sie wird es bestenfalls mit Liebe verwechseln. Wahrscheinlich lässt er sie bald darauf fallen. Ich kenne Männer in diesem Alter …« »Aber …« Warum verteidigte sie? Die Offensichtlichkeit wäre ihr um ein Haar ins Gesicht gesprungen, aber sie hatte sich noch rechtzeitig abgewandt. Nun klebte sie in den Haaren, nahe am Ohr, und flüsterte ihr etwas zu.

»Ich weiß noch gar nicht, ob wir diesen Sommer auf Urlaub fahren können. Bei der ganzen neuen Arbeit, die jetzt auf mich zukommt.« Vielleicht überrollte sie ihn ja wirklich. Diesmal war es keine Lawine, sondern eine Welle, die ihn zu Tode brachte. Sie stellte sich vor, wie er aus ihrem Leben geschwappt wurde, wie sie als trauernde Witwe zurückblieb. Sie gefiel sich in der Rolle, angeblich stand ihr Schwarz.

Freies Schreiben. Ihre Assoziation zu diesem Begriff waren stets Menschen mit Netzen gewesen, die die Worte aus der Luft fingen und sie dann aneinanderketteten. Das Bild war immer als die perfekte, ästhetisch angemessene Metapher erschienen, bis ihr eine kluge Universitätsprofessorin erläutert hatte, dass ihre Freiheit hoffentlich nicht mit Ketten in Verbindung stand. Heute sollten ihre kleinen Erstklässler die Worte fliegen lassen beziehungsweise ihre ersten Gehversuche mit der Lyrik machen. Eifrig wurden da Satzbaustücke aus der Luft gepflückt, zu Elfchen zusammengesetzt. Alles war frei, solange man es in elf Worte fassen konnte. Relative Ruhe erfüllte den Raum. »Schreiben Sie nichts, Frau Lehrerin?« Anstatt der üblichen Betitelung für das Gymnasium, Frau Professor, entkam den Kleinsten der Schule hin und wieder noch die gewohnte Anrede aus der Volksschule. Sie verbesserte den Schüler, lächelte, schüttelte den Kopf und griff dann doch zum Stift.

Praller Sommer
Deine Körperzuversicht
Ein Körperheben
und Körperbeben
Gänsehautkörper
Körperunerfahrenheit
über den Körper verteilt
Erwartungsangst
in Kopfgedanken oft erlebt
Lippen umfangen
was ihnen ihr Körper schenkt
empor ihm schwelgte
Schweiß perlt …
Bin ihm ergeben
mein Körper auch

Sie merkte erst beim Durchlesen, dass ihr die Perspektive verrutscht war. Änderte. Verbesserte. Ihr. Sie. Nicht ich.

Zu Hause angekommen schlüpfte sie aus dem schwarzen Kleid und der lila Strumpfhose, streifte den Slip ab und öffnete den Büstenhalter. Sie besah den Schnitt am Unterschenkel, er war länger als gestern angenommen. Nackt kuschelte sie sich in die Bettlaken und schloss die Augen.

Als Erich nach Hause kam, fand er sie im Wohnzimmer. Auf ihren Knien stand eine Schachtel, vollgepackt mit alten Fotos. Er nahm ihr das eben Gehaltene aus der Hand, blickte auf eine wesentlich jüngere Ausgabe seiner Frau. Ihr Haar war länger, die Figur noch androgyn, das Gesicht in freudiger Erwartung. Sie wusste nicht mehr, worauf sich die glücklichen Gefühle bezogen hatten, bloß das Lächeln erschien fremd. Als hätte es jemand ausgeschnitten und ihr nachträglich ins Gesicht geklebt. Nach dem Datum zu schließen war sie elf Jahre alt gewesen. Elf. Und dann kam Zwölf. »Du warst schon eine hübsche Kleine, wenn auch ein bisschen sehr mager. Noch ein echtes Kind.« Nun wurde plötzlich wieder das momentane Lächeln aufgemalt, mehr noch, es musste mit Reißzwecken in Form gehalten werden. Sie stachen ihr ins Gesicht. Für ihn nicht sichtbares Blut rann ihr von den Wangen herab. Lächeln war schon immer ein Mittel zum Zweck gewesen.

Die Abbildungen der Vergangenheit spiegelten kaum etwas wider, selbst die wenigen Schnappschüsse wirkten auf seltsame Art konstruiert. Sie konnte nichts aus ihnen herauslesen.

Sie griff zum Handy, drückte auf »Anruf«, als sie »Mutter« erreicht hatte. Es kam so selten vor, dass sie sich dort meldete, ein nervöses Kribbeln durchfuhr ihre Bauchgegend. Ihr Geburtshaus war weit weg, geografisch und emotional. Sie brauchte zwei Stunden, bis sie ihr Auto in der kleinen Einfahrt auf Waschbetonplatten anhalten konnte, im Sommer standen Tröge mit orangen und gelben Blumen am Rand. Die Zeit zur inneren Vorbereitung hatte noch nie ausgereicht, es war unmöglich, jedes Gespräch zu planen, die Verfänglichkeiten waren einfach zu breit gestreut und die Wortwahl zu schnell, um nicht wie ein unförmiger Koloss in Dutzende von ihnen hineinzutappen. Ein Läuten, ein zweites. Warten. »Bitte hebt nicht ab. Jetzt kommt endlich, ich will es nicht noch einmal versuchen …« »Angie, bist du das?« Ihre Mutter pflegte noch immer den Gebrauch dieses Kosenamens, in den seltenen Fällen, in denen sie miteinander sprachen. »Hallo, Mama.« Die ersten geplanten Teilchen der Unterhaltung waren geglückt, »Mama« schmeckte nach Fremdheit. Jedoch verlangte die Konvention danach. »Ich wollte mich nur mal so melden, wie geht es euch? Wenn es aber gerade nicht passt …«

Sie unterbrach im Kopf das Nach-draußen-Dringen des weiteren, absehbaren Kommunikationsverlaufs. Stopp, so nicht. »Also ich dachte, dass es an der Zeit wäre, euch mal wieder zu besuchen. Ist ja schon eine ganze Weile her und mein Geburtstag liegt auch erst ein paar Tage zurück …« Da lag sie nun am Tisch beziehungsweise in der Telefonleitung, eine unverfrorene Selbsteinladung. Die Wahrscheinlichkeit, dass die Freude über diesen baldigen Besuch sich auf beiden Seiten in Grenzen hielt, war hoch. »Ja, also … das wäre natürlich nett … Wann hast du denn gedacht zu kommen? Will Erich dich begleiten?« Ihr Ehemann war immer ein seltsam belastetes Thema gewesen. Gewiss, die Eltern hatten in stiller Begeisterung geschwelgt, dass ihre Tochter einen dermaßen allen Normen der Gesellschaft entsprechenden Mann gefunden hatte. Und dann auch noch in einem akzeptablen Alter. Die subtile Arroganz, mit der Erich sie manchmal maß, wurde zwar gewiss verspürt, blieb aber unausgesprochen. Dinge, die nicht verbal in die Welt hinausgetragen werden, lassen sich leichter übergehen, sodass nur manchmal ihr Nebel aufsteigt. »Nein, ich glaube nicht, dass er mich begleitet … die Arbeit …« »Ja natürlich, er ist ja so fleißig …« »Ich könnte zum Beispiel dieses Wochenende vorbeischauen.« Die Reaktion darauf war verhalten, anscheinend brauchte auch ihre Mutter einige Tage der emotionalen Vorbereitungszeit.

»Wir freuen uns auf dich, Angie. Ruf eine Stunde bevor du ankommst an … Bis dann.« Erst jetzt bemerkte sie, dass ihre Hand das Handy fest unklammert hielt. Krampfhaft. Der Krampf lag aber noch in anderen Teilen des Körpers, irgendwo zwischen Bauch und Hals saß eine Art Tumor mit verhärteten Gefühlszellen.

Das Gefühl in der Magengegend schwoll immer mehr an, die Unruhe wurde langsam von Fluchtinstinkten überschwappt. Nach eineinhalb Stunden wurde der Weg seltsam vertraut, das Gedächtnis erinnerte sich, obwohl es bereits so lange zwischen Verdrängen und Vergessen hin- und hergerissen wurde. Der Weg schlängelte sich den Hügel hinunter, an die dreißig Minuten hatte man das Dorf vor sich, ohne es noch erreicht zu haben. Man sah die kleine Kirche am Hauptplatz, direkt gegenüber von der Hauptschule, die mit Wald- und Wiesendarstellungen auf der Außenmauer auffiel. Dafür war extra ein Künstler beauftragt worden, anstatt einfach den Schülern und Schülerinnen einen Pinsel in die Hand zu drücken. Die Befürchtungen über die Ausbreitung des Seelenlebens der Kinder auf diesen Wänden waren wohl zu groß, die Erwachsenen ahnten nicht, dass die Kinder genau dieselben kitschbehangenen Entwürfe produziert hätten. Rund um den Dorfplatz erstreckten sich Wohnhäuser mit hübschen Gärten und Swimmingpools. Noch konnte sie ihr Elternhaus nicht ausmachen, es verschwand hinter dem protzigen Anwesen der Kronebergers. Aber bereits jetzt konnte sie sich jedes Detail im Kopf ausmalen, die hellgelbe Fassade, die weißen Fensterrahmen, das rote Dach, der Erinnerungsduft, der manchmal zu stinken begann.

Als sie in die Gasse einbog, das Haus schon im Blickfeld, fiel ihr ein, dass sie den warnenden Anruf ihrer baldigen Ankunft vergessen hatte. Sie fuhr an dem Haus vorbei, bog erneut ab, brachte ihren Wagen erst beim Sportplatz zum Stehen. Er war wie immer verwaist, auch daran hatte sich seit ihrer Kindheit nicht viel verändert. Nur am Wochenende hielt hier der eine oder andere Wagen, geschützt vor öffentlichen Blicken ließen sich die Mädchen schon mal unter das T-Shirt fassen oder griffen dem Gegenüber in die Hose. Um diese Zeit war aber noch alles leer, überhaupt fühlte sich alles zu kalt an. Sie zückte das Mobiltelefon, der Vater hob ab. »Hallo, Papa. In einer halben Stunde bin ich da. Gleich kann ich das Dorf sehen.« Ein kurzes Warten auf die Antwort. »Bis dann!« Kurz dachte sie daran Erich anzurufen, verwarf die Idee aber schnell wieder. Sie musste nun irgendwo bei dem Gedanken liegen, den Besuch bei ihren Eltern noch vor Beginn abzubrechen. Unzählige entsorgte Gedächtnisströme waren dort bereits versammelt, kreuz und quer türmten sie sich auf, oftmals ineinander verkeilt, manchmal schaffte es einer, sich zu befreien und wieder in den Pool der erwogenen Möglichkeiten zurückzuschwimmen. Noch fünfzehn Minuten. Sie schnappte sich eine Feile, begann die Haut damit nach hinten zu schieben, kleine Hautfetzen fielen ihr in den Schoß. Sie stellte sich vor, wie der Vater sie sachte in den Arm nehmen würde, nicht zu fest, nicht zu intim. Vielleicht ein Kuss auf die Wange, näher am Haaransatz als am Mund. Noch dreizehn Minuten.

Die Mutter zog sie sachte an sich heran, ihre Brüste und Bäuche berührten sich kurz. Wie immer roch ihr Haar nach dem Honig-&-Milch-Shampoo, das die Drogerie im Nachbarort führte. Es versprach besonderen Glanz, Elastizität und Fülle, doch selbst das beste Kopfpflegeprodukt konnte wohl keine Wunder vollbringen.

Das Haus war gemütlich, wenn auch gerade ein wenig zu sauber und aufgeräumt. Nichts lag herum, alles strahlte vor Putzmittel und weggeschafftem Leben. Ihre Erinnerung hatte noch unzählige Begebenheiten abgespeichert, bei denen alles von ihrer Mutter hektisch in den Schränken verwahrt werden musste, damit der angekündigte Besucher einen guten Eindruck von ihren Wohnverhältnissen erhielt. Am besten so, als würde man hier gar nicht wohnen. »Das Mittagessen steht schon auf dem Tisch.

Es gibt Backerbsensuppe, anschließend Fleischknödel und dann noch einen Apfelkuchen, heute erst gebacken.« Sie lächelte, die Betonung lag auf entspannter Höflichkeit. Der Vater saß schon am Tisch, die Mutter trug die Suppe auf. Das Gespräch ging sachte dahin, jeder war darauf bedacht, langweilig gewürzte Brocken einzuwerfen. Der Eintopf enthielt ein paar Schulalltäglichkeiten, ein hochromantisiertes Geburtstagswochenende, Mutters Überlegung, Himbeerbüsche im Garten zu setzen und Vaters neueste Erwerbung, eine Spiegelreflexkamera. Auf der Kommode am Fenster standen einige gerahmte Bilder, das Hochzeitsbild der Eltern, die verewigte Abbildung ihrer ersten Schritte, die Bilder der Vorfahren. Es gab eine aktuellere Aufnahme, die Eltern hatten irgendeinen Berg bestiegen und strahlten nun vom Gipfel, der Vater hielt die pralle Taille der Mutter umfasst. Weitere Fotos von sich konnte sie nicht entdecken, aber sie wusste, dass es sie gab. Es hatte nur einen Moment gegeben, in dem niemand mehr das Bedürfnis verspürt hatte, sie aufzustellen.

Ihre Mutter erledigte gleich im Anschluss den Abwasch, nie hatten sich die Eltern eine Geschirrspülmaschine angeschafft. Der Vater saß im Wohnzimmer, die Beine übereinandergeschlagen, das Hemd spannte ein wenig um das »feste Fleisch« seines Bauches. Eine dampfende Pfeife hätte sich gut in seiner Hand gemacht, der Gestank hätte das Zimmer verpestet und ihre Augen hätten getränt. Sie saß ihm ein wenig unsicher gegenüber, früher wäre sie der Mutter zur Hand gegangen, doch seit sie mit einem anderen mitgegangen war, erwartete dies niemand mehr im Haus. Als sie zurückgekommen war, war sie der Fremdkörper gewesen, ein anderer Körper hatte sie gezeichnet, man mied und musterte sie sprachlos. Die Sprache zwischen ihnen war nie zurückgekehrt. »Dürfte ich mir mal mein altes Zimmer ansehen?« Ohne die Antwort abzuwarten stand sie auf, der Vater blieb sitzen. Sie durchschritt das Vorzimmer, neben dem Bad lag ihr früheres Reich. Inzwischen war es eine Mischung aus Stauraum, Gäste- und ewigem Kinderzimmer geworden.

Eine geblümte Tagesdecke lag auf dem Bett, es war ein echter handgenähter Quilt, der mit weißer Lochspitze eingefasst worden war. Blumige Halbvorhänge, hübsch drapiert, noch mehr Lochspitze. Auf dem Schreibtisch standen rote Weihnachtssterne, die hier auf das Ende des Winters warteten, sie hörte Erich, der leise »Kitsch« und »Mädchenzimmer« flüsterte. Sie wusste nicht mehr, wie sie diesen Raum einmal gefüllt hatte, es ist seltsam, wenn man bemerkt, dass das angeblich Vertraute inzwischen fremd ist. Sie öffnete eine der Schreibtischladen, angespitzte Stifte schepperten darin, sie griff auf die untere Seite der Lade, ertastete ein eingeritztes »A+V«.

Sie stand im Raum, wollte nicht hinausgehen. Wartete. Was wollte sie denn hier? Das Gefühl, nicht mehr in dieses Haus, in dieses Zimmer, in diese Familie zu passen, war fest ins Herz gewachsen, dieses Stück brauchte keine Renovierungsarbeit, das Haus mit ihren Eltern war dafür nicht notwendig. Sie suchte nach etwas anderem, nach einem anderen Gefühl, das dem Ziehen und Zerren Herr werden konnte.

Ihre Mutter betrat das Zimmer, die Hände trocknete sie sich gerade noch an einem kariertem Geschirrtuch ab. Ihre Nägel waren ganz kurz geschnitten, die Finger erinnerten an kleine Würstchen. Sie hatte immer eine Vorliebe für solche Finger gehabt, Hände, die für Arbeit geeignet waren, die anpacken können. Auf dem Feld, im Haus und im Bett. Mit Künstlerhänden konnte sie nur wenig anfangen, zu elegant, zu wenig gemacht für diese Welt. »Dein altes Zimmer.« Es war eine simple Feststellung, keine Antwort wurde darauf erwartet. Stille breitete sich zwischen ihnen aus, wurde fast greifbar. Hätten sie danach gefasst, wäre sie schwer und lähmend gewesen, gleichzeitig laut, denn sie erzählte viel. Ihre Mutter verspürte aber kein Verlangen sie zu berühren; aufgerissen wäre sie wohl noch beklemmender gewesen. »Elise hat inzwischen zwei Kinder, verheiratet ist sie auch. Ein netter Mann, solide.« Solide, das sollte wohl ein Kompliment sein. Elise, sie sah ein Mädchen mit gelocktem blondem Haar, roten Bäckchen und Brüsten, die einfach nicht zu wachsen aufhören wollten. Gemeinsam hatten sie auf der Straße gespielt, waren in der Schule nebeneinander gesessen und hatten von den Pausenbroten der anderen abgebissen. Dann war sie verschwunden gewesen und als sie wieder in der Schule auftauchte, war Louise neben Elise gesessen, beide hatten sie aus großen Augen angesehen und gekichert. »Zwei kleine Mädchen, daneben arbeitet sie noch in der Bibliothek des Nachbarorts.« Sie war plötzlich ein gebrandmarktes Kind gewesen, über das getuschelt wurde, zu reif, zu verdorben. Ihre Mutter lächelte sie an, nicht ihr Lächeln, das stets Interesse und Zuneigung suggerierte, eine Tarnung, ähnlich unauffällig aber wirkungsvoll, wie Make-up und Lippenstift. Es war vielmehr ein zerhacktes Lächeln, das seine zerstörten Einzelteile nicht zu einem Ganzen zusammenfügen konnte. Ein wenig Schmerz lag darin, aber vielmehr vermittelte es: Warum bist du nicht so wie Elise? Einfach und schnörkellos? Sie spürte das Bedürfnis, sich in ihrem Schoß zusammenzurollen, in den Körper der Mutter hineinzukriechen, sie wollte das Muttermal an ihrer Wange werden oder eine ihrer hellen Wimpern. Dann wäre sie keine Enttäuschung mehr, sondern wieder ein Teil von ihr, ein Teil von diesem Haus.

»Erich hätte gerne Kinder.« Warum hatte sie das gesagt? »Wenn es ein Junge wird, würde er ihn gerne Luca nennen. Bei einem Mädchen dürfte ich den Namen aussuchen.« »Deine Puppen haben immer Anabell geheißen. Du wolltest keinen anderen Namen.« Das Lächeln der Mutter wurde voller. Sie erinnerte sich daran, an die zehn hübschen, leblosen Spielgefährtinnen. Alle mit seidigem Haar, langen Wimpern und formlosen Körpern aus Stoff und Plastik. »Haben wir sie denn noch? Meine Puppenmädchen?« Sie war froh, dass das Thema in diese Richtung geschwenkt war, die Kinderfrage musste nicht mit ihrer Mutter verbalisiert werden. Es reichte, wenn sie sich diese innerlich stellte. Die Mutter verhärtete sich. War es für ein paar Momente bloß eine sehr transparente Mauer gewesen, die sie trennte, lagen nun plötzlich wieder erstarrte, sprachlose Jahre zwischen ihnen. »Wir haben sie verschenkt. Irgendwann warst du zu alt dafür. Es hat nicht mehr gepasst.« Sie war zwölf gewesen, als die Eltern entschieden hatten, dass sie nicht mehr ihr kleines Mädchen war. Da hatte sie gerade begonnen mit erwachsenen Dingen zu spielen.

Die Fragen lagen im Mund, eine größer als die andere. Sie drängelten, schoben sich gegenseitig zur Seite, um endlich nach draußen zu dürfen. »Warum habt ihr nicht mit mir gesprochen?« stieß gegen »Wolltet ihr es denn nicht sehen?«, während »Was ist wirklich mit ihm passiert?« mit »Könnt ihr nicht verzeihen?« kollidierte. »Merkt ihr, dass ihr Fehler gemacht habt?« kämpfte mit »Waren euch die Leute mit ihren billigen Gedanken und Reden wichtiger als ich?« und »Ich war doch noch immer euer Kind, verstehst du?« versuchte endlich frei zu kommen. Sie schluckte, die Fragen zerplatzten in ihrer Speiseröhre, ihre Einzelteile lösten sich im Magen auf. Die Stille lag wieder im Raum, sie wog sich bedächtig hin und her, wusste, dass sie in diesem Haus gepflegt und gehegt und auch ein wenig geliebt wurde. Die Mutter drehte sich um und verließ das Zimmer.

Sie wollte ihr folgen, für den Bruchteil eines Moments erinnerte sie sich aber. Das Zimmer war zum Gefängnis geworden, niemand sprach mit ihr. Damals. Sie brachten ihr dreimal am Tag Essen und jeden Morgen frische Wäsche. Der Vater war immer traurig, sein Blick zeigte Unverständnis, die Liebe zu seinem »kleinen Mädchen« war vertrocknet. Manchmal roch sie an dieser vertrockneten Liebe, ein Geruch nach Moder und Verfall und bitterer Süße. Wenn sie ihre Blätter berührte, zerfielen die einzelnen Fasern, bröselten still und leise und unbemerkt zu Boden. Die Mutter war disziplinierter, härter, bestrafte sie mit vollem Bewusstsein durch ihr Schweigen. Sie wollte sich manchmal unter der Wortlosigkeit wegducken, doch jedes Mal wurde sie wieder davon eingefangen. Und er war auch nicht da. War einfach ohne sie gegangen. Sie schlief untertags viel, aß wenig, dachte viel, tat nichts. Nur warten. Warten konnte sie inzwischen wirklich gut. Vor allem in den Nächten. Sie schlief nicht, es war eher ein Zustand des ruhelosen Eingegrabenseins. Sie hörte dann ihren Herzschlag, konnte ihr eigenes Blut riechen und spürte, wie ihre Haut Gesicht und Füße und den Bauch umschloss. Ihr Körper war zu eng und nicht genug und zu wenig. Als wäre sie kein Mensch mehr, sondern eine wortarme Maschine. Vielleicht hatte die Mutter recht gehabt, sie hätte zu diesem Zeitpunkt nicht mehr mit den Puppen spielen können.

Sie ging zurück ins Wohnzimmer, setzte sich auf die Couch, neben die Mutter. Sie erzählte etwas, das nicht von Belang war, zumindest nicht für diese Menschen hier, vielleicht interessierten sich andere dafür. Der Vater steuerte etwas bei, es blieb genauso aussagelos im Raum hängen, man fürchtete bloß die Stille.

Über mehrere Jahre hatten ihre Eltern, einmal im Monat, die Nachbarschaft zu Kaffee, Tee und Kuchen eingeladen. Die gehobene Dorfgemeinschaft war zusammengesessen, die Gespräche waren hervorgequollen, die essbaren Annehmlichkeiten verbraucht worden. Elise und sie hatten sich immer ein wenig gelangweilt, erst nach eineinhalb Stunden durften sie aufstehen, die Zeit war ihnen zähflüssig in den Beinen und Mün-

dern gelegen. Im Juli, sie waren gerade zwölf Jahre alt, war Elise an den Masern erkrankt. Bettruhe. Isolation. Liebevolle Betreuung. Eine alleingelassene Angelika. Unbeachtet. Sie war an diesen Tagen durchsichtig, hautlos, man konnte ihr Blut zirkulieren sehen. Das erste Mal in ihrem jungen Leben.

Er war zu spät gekommen obwohl er neu war, in dem Dorf, an diesem Tisch. Die Augen der Mutter wurden hart und rau und schwer, man musste sie nur gut genug kennen, um es zu sehen. Seine Optik passte nicht in das Konzept, sein Lächeln breit, der Händedruck fest, die Gestalt mager. Das Haar eine Spur zu lang, weißblond. Schön. Sie bemerkte, dass ihm an der rechten Hand zwei Finger fehlten, konnte die Schwielen bei der Begrüßung spüren. Arbeiterhände. Nur noch der Platz neben ihr war frei, Elise fehlte. Unbeholfen setzte er sich neben sie, benutzte ungeschickt das Teegeschirr, kaute vorsichtig ein Stück Kuchen. Er war hier auf einer Bühne, ein billiger Laie unter erprobten Profis. Unsicher rieb er sich die breite Hakennase, blickte sie vorsichtig an. Sie war ein Kind, ungefährlich. Denn schon das Wort zeigt, dass es hier um ein noch geschlechtsloses Wesen geht. Er wusste ja nichts von dem Blut.

Sie sah, wie er in seiner Hosentasche nach einer Zigarette nestelte, sie dann doch stecken ließ. Sein Mittelfinger legte sich an die Stelle, wo der Daumen einmal gewesen war, fuhr die weiche Haut entlang, presste sich in das Fleisch. Ihr Blick konnte sich nicht losreißen, obwohl es etwas Abstoßendes hatte. Später würde sie feststellen, dass ihr Körper die Hände lieber in sich aufnahm als sie von sich zu stoßen. Er bemerkte den Blick, grinste. »Weißt du, wie der Tischler im Wirtshaus bestellt? Drei Bier für die Männer am Sägewerk.« Sie verstand die Pointe nicht, wusste aber, dass es eine gab und schmunzelte gekonnt. »Ich bin Vincent. Wie heißt du?«

Das war die erste Begegnung gewesen, von außen so harmlos, dass nicht mal sie selbst Verdacht geschöpft hatte. Er hatte ihr Beachtung geschenkt, Witze gerissen, gelacht, gefragt. Es war nett. Sie vermisste Elise nicht mehr. Erst als er sie im Traum berührte, im Niemandsland, war ihr die Unschuld aus den Adern gewichen.

Sie lächelte, als sie daran dachte, nicht der Erinnerung wegen, sondern weil der Vater gerade etwas gesagt hatte. Nickte. Die Mutter redete, dann wieder der Vater. Sie dachte an ihr Schweigen.

»Ich habe ihn gesehen.« Sie flog in der Luft. Eisspitzen durchfuhren ihre Haut, die Kälte klirrte in ihr. »Wen?« Der Vater sah hoch, sah sie, arglos. In seiner Geschichte unterbrochen, fand den Zusammenhang zu ihrer Aussage nicht. Der Mund der Mutter war zu einem Rechteck verrutscht, das Lächeln ins Hässliche verrückt. Für ein paar Sekunden. »Ihn. Er ist an mir vorbeigegangen, ich war gerade in der Stadt Besorgungen machen und …«

Sie brach ab, bettete die Hände dekorativ in den Schoß. Brach ins Eis ein, Brocken von gefrorenem Wasser raubten ihr den Atem. Sein Name war seit ihrer Rückkehr nie wieder laut ausgesprochen worden, zumindest nicht in ihrer Gegenwart. Es war ein Gesetz des Hauses, von ihren Eltern mit Blut geschrieben. Ein Stöhnen drang aus dem Mund ihrer Mutter. Ansonsten herrschte Starre. Sie sprach weiter: »Ich dachte, er sei fort.« Es klang dumm, sogar die Menschen, die fort sind, müssen an einem Ort sein, beziehungsweise ihre Überreste. »Ich dachte, er sei im Gefängnis gestorben.« Ihre Haut warf Blasen, als die Mutter wegsah. Sie schlang die Arme um sich, in dem Wissen, dass sich sonst ihre Eingeweide über den Boden ergießen würden, sobald sie losließ. Sie fühlte, wie ihr ganzes Leben sich wie eine Nadelspitze aus Angst konzentrierte, wie ein Atomkern, der sich jede Sekunde spalten konnte, um dann in die Luft zu gehen. Ihr rechter Fuß zitterte, sie konnte es nicht unterdrücken. Es war kein Unglauben in ihr, nur Angst. Angst davor, zu realisieren, dass so viel ihrer Vergangenheit, ihrer Gedanken und Gefühle auf einer großen, zähen Lüge basierte. Diese Lüge hatte alles überzogen, ihr Inneres, ihre äußerlichen Worte. Die Angst wuchs weiter, bis sie plötzlich platzte und in Scherben in ihrem Inneren dalag. Sie war zerbrochen und hatte sich ergossen, als sie zu verstehen begann, dass sie es schon lange gewusst hatte. Das Wissen war irgendwo verschüttet gewesen, zwischen Schweigen und dem Wunsch zu vergessen. Warum hätte sie ihn gesucht, wenn sie es nicht gewusst hätte? War die Suche immer nur dazu da gewesen, um sicher zu sein, dass sie doch die Wahrheit geglaubt hatte? Ihr Verstand ballte sich zu einer gewaltigen Faust, kein Gedanke konnte mehr hinein oder hinaus. Sie stand auf.

Der Vater war hinter ihr, folgte, säuselte in einer Sprache, die sie nicht verstand. Es war die Sprache der Menschen, die versuchen, für selbst gesponnene Wahrheiten Vergebung zu bekommen. Doch sie wusste, dass diese Menschen noch nicht bereuten, sie tun es erst, wenn ihnen die Absolution verwehrt bleibt. Die Eltern hatten sie ihr nie gegeben. Die Raspeln seines Süßholzes, die doch schon so lange verdorrt waren, lagen herum, irgendwann würde er sie Stück für Stück selbst essen müssen, nur so kam die Reue. Und es würde kein Ende dieser Kette an Reue geben, keinen Anfang und kein Ende. Sie schlüpfte in ihren Mantel, etwas pochte wild geworden hinter ihren Augen. Die Mutter war sitzen geblieben, vielleicht verspürte sie Dankbarkeit, dass ihre Tochter nun endgültig fort war. Vielleicht lag aber auch schon die Kette der Reue um sie. Sie wünschte der Mutter, dass deren Glieder sich in ihr Fleisch brennen sollten. Eisige Winterluft blies ihr ins Gesicht, sie suchte den Schlüssel für das Auto, sperrte auf. Der Vater war am Hauseingang stehen geblieben.

Irgendwann hielt sie den Wagen an, Tränen verschleierten. Etwas an und in ihr bebte, im Winter kam die Dunkelheit schnell ins Land. Das Scheinwerferlicht wurde nach einigen Metern verschluckt, sie schaltete es aus. Schwärze umgab sie, nun auch äußerlich. In ihrem ersten Traum von ihm waren sie gelaufen. Ganz weit. Ganz schnell. Sie wollte ihn küssen, traute sich nicht. Er lachte, das Lachen erreichte ihre Augen. Sie lachte mit. Gemeinsam lachten sie.

Als Elise wieder gesund war, fuhren sie mit ihren Rädern durch das Dorf. Die Hauptstraße hinunter, beim Bäcker vorbei, warmen Brotduft einatmend, die Kirche im Blick, aber Gott war da schon weit von ihr fort. Denn da wartete sie bereits darauf, dass sie ihn sah. Ihm zulächeln konnte. Sie malte seinen Namen auf Lochkarten, die sie anschließend in hundert kleine Teile zerriss. Sie gingen Hand in Hand eine sonnenerhellte Straße hinunter, fütterten sich gegenseitig mit klebrigem, himmlisch-süßem Kuchen. Sie küssten sich, am Sportplatz, wo sich immer die älteren Jungen und Mädchen des Dorfes herumtrieben – alles in ihrem Kopf. Alles konnte sie ihm erzählen – im Kopf. Es dauerte, bis sie ihn wiedersah, aber die Erinnerung schmeckte noch immer frisch. Es war einer dieser glühend heißen Augusttage gewesen, an denen man kaum einatmen mochte, weil sich sonst eine pelzige Hitze im Mund breitmachte, die bis weit in die Lungen strömte. Sie sehnte sich bloß nur noch nach einer abkühlenden Erfrischung, stellte das Fahrrad neben der Eisdiele ab. Elise stöhnte, griff sich mit einer Bewegung ins Haar und raffte es zu einem Knoten zusammen, sodass der Hals frei lag. Da sah sie ihn auf der anderen Straßenseite, ganz plötzlich war er wieder real. Er trug diesen lässigen, flapsigen Kleidungsstil zur Schau, ausgebleichte Jeans, dazu ein schwarzes Unterleibchen und Lederschlappen. Die flirrende Hitze, ein stinkendes Auto, das gerade neben ihr hielt. Es war nicht ganz wirklich, als er auf sie zukam, sie noch nicht bemerkt hatte.

Ganz still stand sie da, wartete, dass seine Augen auf sie fielen, sein Hirn und dazu auch sein Herz ihm mitteilten, dass hier das Mädchen stand, von dem er in den letzten Wochen fantasiert hatte. Er verschwand im Eissalon, ohne eine Geste, ohne ein Wort. Die Enttäuschung begann an allen Nerven zu knabbern und zu rumoren, sie biss sich hart auf die Innenseite ihrer Wange.

Im Eissalon war es im ersten Moment düster, ein Hauch von Chemie und Parfüm lag in der Luft. Die Kälte im Raum vermischte sich mit dem Schweiß, der ihr an der Innenseite der Arme und Beine hinabfloss, die feinen Härchen an den Armen richteten sich auf. Er gestikulierte mit einer unangezündeten Zigarette herum, während er sich mit dem Mädchen hinter der

Eistheke unterhielt. Die junge Frau schnurrte geradezu bei seinen Worten, ihre Körpersprache schrie ein wenig nach Sex und aufgesetzter, gekonnter Geilheit. Sie wusste, dass die Röcke dieser Aushilfskraft immer so kurz waren, dass man ihren Slip sehen konnte, wenn sie die Beine anzog. Elise stellte sich direkt neben ihn, um zu bestellen. Das nötige Geld lag bereits abgezählt in ihrer Hand, es reichte für zwei Kugeln. Sie beachtete ihn nicht. Aus den Augenwinkeln nahm er sie wahr, etwas in seinem Kopf und in seiner Bewegung stockte, sein Gesicht drehte sich nun vollends zu ihr. »Hey! Ein bekanntes Gesicht.« Einer seiner Schneidezähne stand ein wenig über dem anderen, sie hätte ihn gerne geküsst.

Er spendierte ein Eis – Vanille und Erdbeere. Nur ihr, nicht Elise, die danebenstand und ein wenig gelangweilt wirkte. Ihre Freundin wusste schließlich nichts von seinen geschickten Händen und seinen verständnisvollen Worten, das wusste nur sie. Er erzählte von der Arbeit, einem Tisch, den er gerade baute, dass er den Ort ganz gut leiden mochte, von einem Fest im Nachbarort und dass er nun zum Schwimmen fahren würde. Sie leuchtete unter seinen Worten, sie berührten sie an der Wange und an der Hand und schaukelten sie in der Luft umher.

Die weiße Bluse sog den Schweiß nicht wirklich auf, sodass er sich in kleinen Bächen im Bund ihres schwarzen Rockes fing. Die Stimmen flogen herum, sammelten sich zu einem Ganzen. »Demütig danken wir dir, Herr Jesu Christ, dass du für uns dein Leben gegeben hast, durch dein Blut sind wir erlöst …« Sie öffnete den Mund, imitierte die Worte, ohne ihnen einen Klang zu geben. Sie waren so weit weg. Der Vater blickte umher, seine Finger zeichneten unsichtbare Muster auf das Gebetsbuch, das geschlossen in seinem Schoß lag. Die Hände der Mutter lagen verknotet auf der Gebetsbank, ihr Mund gab dem Lied eine Stimme. Zwei Reihen vor ihr saß Elise, sie wusste, dass ihre Freundin sich in der Kirche stets heimlich die Nägel feilte. An den weißen Halbmonden wurde dann gewetzt, winzige kleine Teilchen sprangen davon, schneiten auf den Boden. Er war nicht da, er kam nie in die Kirche. Die Mutter hatte es letzten Sonntag sogar erwähnt, aus ihrem Mund war ein Hauch von Anklage mitgeflossen.

Anschließend fuhren sie zum Markt im Nachbarort, die Mutter und sie. Spinat und graue Bohnen wurden gekauft, dazu tiefgelbe, überreife Tomaten, giftgrüne Weintrauben, kleiner noch als Reißzwecken, und ein papierartiger Knoblauchzopf. Die Mutter erstand einen Strauß Margeriten, milchig-zarte Blüten. Ihr hätten die riesigen blutigen Mohnblumen besser gefallen, mit ihren dicken schwarzen Blumenstempeln. Eine warme Hand legte sich auf ihre Schulter, es fehlten zwei Finger. »So trifft man sich wieder! Hallo Angelika!« Der Mutter nickte er ein wenig verhalten zu. Sie sehnte sich aus dem hoffnungsvoll-traurigen Kleid heraus, den hässlichen, klobigen Schuhen. Man muss hässlich sein, um vor Gott hintreten zu dürfen. Und um im Anschluss daran seine Mutter auf den Markt zu begleiten. Aber gerade jetzt wollte sie schön und begehrlich und fraulich sein. Eine ganze Frau, kein halbes Kind. »Ein herrlicher Tag. Vor einer Stunde bin ich aufgestanden und dachte mir – warum nicht einmal auf dem Markt frühstücken?« In der linken Hand hielt er eine Tüte mit duftenden Teigtaschen. Der Geruch von Brot hatte sich an ihm verfangen, sie konnte es schmecken. Die Mutter lächelte ihr halbes Lächeln, wollte weitergehen. Sie kannte die Gedankengänge der Mutter, die gerade von einem Tadel, den verpassten Kirchgang betreffend, zu einem innerlichen Weitergehen wanderten. Sie fühlte Scham auf ihren Wangen brennen, das Anhängsel der Mutter. Süß, für ihn bestimmt, noch in Unschuld getaucht. »Wenn Sie wollen, können Sie kommenden Freitag wieder zum Tee kommen. Angelika würde sich bestimmt freuen …« Hatte die Mutter etwas gemerkt? Ihre Augen flogen zu dem mütterlichen Mund, in deren Haut schnitten sich feine, harte Linien, wie von einer Radiernadel gestochen. »Dann können Sie auch ihre Freundin Elise kennenlernen.« Ihr Satz hatte nicht den so sorgfältig versteckten und gehüteten Gefühlen der Tochter gegolten, er diente bloß seiner Herabsetzung. Er sollte mit den Kindern spielen. Vincent nickte, vielleicht taxierte er sie eine Spur zu lange, wie es Männer mit Frauen machen, in die sie sich versenken wollen. Nickte. »Ja, gerne.«

Er erzählte, dass er den Nachmittag am Schwimmteich verbringen würde. Dort war er immer, wenn es die Arbeit erlaubte. Sie strahlte ihn an, ihre Hände spielten mit den Knöpfen der weißen Bluse. Beim Abschied streifte seine Hand kurz ihren Unterarm, es kribbelte. Nach einigen Schritten verzog die Mutter ihre Lippen zu einem zerbrochenen Dreieck. »Ein unbrauchbarer Mann, diese Ziellosigkeit …« Ihre Ablehnung lag in der Luft, aber sie wurde davon nicht eingefangen, heute und jeden Tag wollte sie ab nun in der Nähe des Badeteichs verbringen.

Die Tränen lagen auf ihrem Gesicht wie Steine. Ein besonders großer Stein fiel aus dem Mund, rollte unter den Sitz. Es bereitete ihr Schmerzen sich zu bewegen, die Kälte kroch in die Kleidung, fand Zugang in den Ritzen ihres Körpers. Sie hätte die Autoheizung anstellen können, aber im Grunde war es egal. Der kalte Wind wehte und wehte und hörte nicht mehr auf. Würde nie mehr aufhören. Sie sehnte sich nach dem Mond, silbrig und riesig.

Das Handy läutete, ein unwirklicher Ton, der das eigentümliche Schreien des Windes zerstörte. Es war Erich, sicher mit der Frage, wann sie nach Hause kam. Seine Arglosigkeit konnte sie jetzt nicht ertragen, die Lügen, die Leichtigkeit wäre nicht aus ihr herausgekommen. Die Mutter, der Vater riefen nicht an, aber sie hätten auch keine Worte gehabt. Sie dachte an den Tee mit fünf Würfeln Zucker, in dem er herumgerührt hatte, während sie sich unterhielten. Irgendwann hatte die Luft zwischen ihnen zu brennen begonnen. Sie dachte an Sonne, die sich im Wasser brach und an einen weißen Badeanzug, der ihre Bräune besonders schön zur Geltung brachte und an seine Worte, als sie nebeneinander her geschwommen waren.

Sie dachte an den Holzsteg, am anderen Ufer, den man nur schwimmend erreichen konnte. Es war ziemlich weit, doch sie hatte beobachtet, wie er in diese Richtung geschwommen war.

Und seitdem war er nicht mehr zurückgekommen. Elise schrie ihr etwas zu, nur kurz wandte sie den Kopf, sah ihre Freundin am Ufer stehen und winken. Sie achtete nicht darauf, schwamm einfach. Manchmal hatte sie das Gefühl, das dunkle, undurchdringliche Nass würde sie in die Tiefe ziehen. Ihr Körper würde am schlammigen Grund treiben, als aufgedunsene, schöne Wasserleiche. Und alle würden über ihren Tod weinen, sie wäre für ewig das ertrunkene Mädchen. Die Glieder wurden schwer, aber sie sah bereits die große Weide, die ihre langen Zweige ins Wasser tauchte und dabei den Steg verdeckte. Der Versuch, den Kopf nicht ins Wasser zu tauchen, um die Frisur nicht zu zerstören, war gescheitert, inzwischen klebte sie an ihrem Kopf, wie ein Helm.

Da lag er, die warme Luft hatte seinen Körper offensichtlich schon getrocknet. Das Haar war noch feucht, klebte an der Stirn und hinter den Ohren fest. Die Badehose hatte er ausgezogen. Sie wollte zurückschwimmen, er sollte nicht wissen, dass sie ihn so gesehen hatte. So entblößt. Trotzdem starrte sie. Die Sehnen, die sich wie Baumwurzeln über seine Unterarme zogen. Sein Brusthaar war üppiger als angenommen, blond, mit grauweißen Stellen. Der Schwanz stand aberwitzig vor, groß, dachte sie, doch im Grunde hatte sie keinen Vergleich. Einmal hatte sie den Vater nackt unter der Dusche gesehen, er hatte gebrüllt und sie hatte mit brennenden Wangen die Tür des Badezimmers zugeschlagen. Nie wieder war darüber gesprochen worden. Er schlug die Augen auf, ihre Blicke trafen sich, hingen ineinander. »Entschuldige … Ich wusste nicht, dass du hier bist … und …« Sie wollte im Wasser versinken, einfach hinabtauchen. Sein Lächeln erreichte ihre Augen, ohne Hast angelte er nach der Badehose, als er sie überzog, baumelte sein Glied einen Meter über ihrem Kopf. Er reichte ihr die Hand und für einen Augenschlag zögerte sie, ihr Körper schimmerte weiß unter der schwarzen Wasseroberfläche, verschwommen wie eine halb bewusste Einsicht. Jetzt war ihr Fleisch noch blass und unspezifisch, um sie herum verschiedene dunkle Schichten. Sie war Helligkeit, umgeben von Dunkelheit. Dann zog er sie hoch, das Wasser perlte vom Körper ab. Sie lag neben ihm.

Noch immer pfiff der Wind, die Melodie war unnachahmlich. Sie glaubte Sirenengesang zu vernehmen, laut und schrill und schön. Erst Wochen später begriff sie, dass die Töne vielleicht aus ihrem Kopf gekommen waren. Der Schneeregen schlug mit bleichen Peitschenhieben um sich, rüttelte wütend an den Bäumen. Sie biss sich hart auf die Lippe, bis Blut in ihrem Mund lag. Der Schmerz drang nicht zu ihr vor, erst der metallische Geschmack ihres Lebenssafts brachte wieder etwas in ihr zum Klingen.

Sein Arm lag um ihre Taille und drückte seinen Kopf an den ihren. Sie fühlte sich so klein und zerbrechlich, wusste, dass sie zersplittern musste, wenn sie sich rührte. Sein harter Kopf, der Geruch nach erhitztem Körper und modrigem Wasser, das Flimmern des Sonnenlichts, die Äste der Weide, die im Wind wehten wie Mädchenhaar. Sie spürte, dass sie nun atmen konnte, frei. Oft saß nämlich ein fetter schwarzer Parasit auf ihrer Brust und schnürte ihr die Luft ab, indem er sie in einen Kokon wickelte. Die hauchdünnen Fäden lagen dann ganz eng um ihre Schultern, die Knie. Die Knospen ihrer Brüste wurden gequetscht. Zu Hause, in der Schule, rang sie – die Erstickungsgefahr war oft ganz nahe. Nun war das Untier von ihr gesprungen, sie merkte, wie sich alles löste, sie ungesehen strampelte und frei kam. »Angelika, was machst du nur mit mir?« Er strich ihre Wange entlang, in seinem Gesicht lag eine Unsicherheit, die sie nicht verstehen wollte.

Wieder saß er neben ihr, schlürfte seinen Tee. Die Mutter sah zu ihnen herüber, ihre Lippen zerbrachen vor Missbilligung. Sie staunte über die Zuckerberge, die er in seiner Tasse versenkte. Elise scharrte gelangweilt mit den Füßen. Er griff erneut zu einem Stück Kuchen, streifte dabei ihren rechten Arm. Brach kleine Stückchen ab, knetete die trockene Masse mit Daumen und Zeigefinger, steckte sie sich in den Mund. Mit den Händen und den Lippen erzählte er von seiner letzten Arbeitsstelle. Der dicke Chef in Bermudashorts und schwarzem Hemd, das ihn schlanker machen sollte. Der gerne einen über den Durst trank und dann die Arbeit liegen ließ und seinen Angestellten frei gab. Der Lehrling Maxi, der ihm gerne eine Zigarette abschnorrte, nicht bis hundert zählen konnte und eine Vorliebe für Blondinen hatte. Ein Arbeitskollege, der in seiner Freizeit gerne Holzfiguren schnitzte und dabei frittiertes Fleisch aß, sodass seine Werke stets nach Fett stanken. Sie sah die Leute förmlich vor sich, lachte über sie. Elise gähnte. Er stand auf, hob die Hand mit der Zigarette, um zu verdeutlichen, dass er auf die Straße gehen würde, um zu rauchen. Eilig stand sie auf, nuschelte zwischen den Zähnen etwas von »zu dir setzen«. Niemand reagierte, Elise rekelte sich demonstrativ in ihrem Stuhl, streckte ihre schon recht ansehnlichen Brüste nach vor. Dafür fing sie sich einen strafenden Blick von ihrer Mutter ein.

Er steckte sich die Zigarette zwischen die Lippen,

unangezündet. Rieb sich die Nase, sein Haar leuchtete in der Sonne. »Schon mal geraucht?« Sie nickte, blieb stumm. Die älteren Jungen zündeten sich öfter eine Zigarette an, qualmten Kringel an der schon lange aufgelassenen Bushaltestelle. Wenn sie mit dem Rad an ihnen vorbeifuhr, roch sie den Qualm. Manchmal lag auch etwas anderes in der Luft, ihre Lungen saugten dann begierig. Er zündete die Zigarette an, zog den Rauch tief ein, auf seinem Gesicht lag ein friedlicher Ausdruck, die Augen geschlossen. Als er sie wieder öffnete, stieß er einen vollendeten Rauchring aus, sekundenlang flog er zwischen ihnen, bis er sich auflöste. Er hielt ihr den brennenden Glimmstängel hin, sie zögerte, hatte Angst etwas falsch zu machen. Die Mutter würde den Rauch riechen, sie wusste nicht, was sie tun sollte. Zögerlich zog sie daran, dann stärker, der Hals brannte, sie drängte das Wasser in ihren Augen zurück. Tapfer stieß sie den Qualm zwischen den Zähnen hervor, sah ihn an. Er nickte mit einem Lachen, rieb ihr den Rücken.

Elise rief nach ihr, anscheinend hatte sie es nicht mehr bei den Erwachsenen ausgehalten. Eilig zog er die Hand zurück, sie brannte.

Ein raues Lachen entfuhr ihrem Mund. Ihre Hand lag auf den Lippen, als wollte sie die Laute wieder einfangen, als schämte sie sich für das Lachen. Niemand hatte an jenem Tag den Geruch an ihr wahrgenommen, nur Elise hatte die Nase krausgezogen. Aber geschwiegen. Wie alle anderen. Er hatte sich verabschiedet, der Mutter, dem Vater die Hand gegeben. Für sie war nur eine Kopfbewegung und ein »Tschau« abgefallen. Sie hatte die nichtige Verabschiedung vom Boden aufgelesen und sich daran gerieben. Beim Abendessen hatte die Mutter eine spitze Bemerkung über ihn fallen lassen, aber der Stich war an ihren Ohren erneut knapp vorbeigegangen. Sie dachte bloß an seine Hand auf ihrem Rücken.

Die Mutter kontrollierte immer ihre Hausübungen. Wenn sie einen Fehler fand, verzog geringschätzig den Mund. Sie musste dann den Fehler ausbessern und erklären, warum sie ihn gemacht hatte. Immer brauchte sie eine Erklärung. »Wieso hast du dich bei dieser Aufgabenstellung verrechnet, Angelika?« Weil sie an ihn gedacht hatte, dass sie ihn nachher am Badeteich treffen würde. Und diesmal würde er sie küssen, ihr erster Kuss. »Konzentriere dich. Woran hast du gedacht?« Doch die Gedanken waren frei.

Und immer wieder und immer öfter und ständig hatte sie an ihn gedacht. Und ihn getroffen. Am Badeteich. Bei der Eisdiele. Auf der Straße. Beim monatlichen Tee. Sie hatte auf ihn gewartet, ihn abgepasst, beim Gedanken daran schüttelte sie innerlich den Kopf.

Er war schon da, saß am Wasser, angezogen. In den letzten Tagen hatte sie vergeblich nach ihm Ausschau gehalten. Plötzlich war er wie verschluckt gewesen. Verschluckt waren seine Worte und Berührungen und Blicke in ihr, sie wärmten ihr den Bauch. Als sie sich neben ihn setzte, lächelte er. Diesmal war er so still, es wollten keine Worte und keine Berührungen und keine Blicke von ihm kommen. Da redete sie, schnell und viel und Dinge, die gar nicht wahr waren. Er rauchte, rieb sich die weiche Haut, wo früher seine Finger waren. Es ging nur darum, zu reden. Über die Schule. Die Anstrengung. Die Freundinnen. Die Einsamkeit. Über die Eltern schwieg sie, sie wollte ihn nicht an ihre Kindlichkeit erinnern. Sie wollte erwachsen sein.

Sie konnte spüren, wie die Unsicherheit in ihrem Kopf rotierte. Sie kribbelte im Nacken, ließ ihren Körper seltsam ungelenk werden. Was hatte sich verändert? In ihm. An ihm. Um ihn. Ihre Mundwinkel fanden zu einem Lächeln, es war falscher als sämtliches Make-up. »Wir sollten das nicht tun.« Seine Stimme war so glatt, sie rieb sich den Kopf an diesem Satz, er schürfte ihr die Wange auf. »Was denn tun?« Erst viel später hatte sie verstanden, dass es die richtige Frage gewesen war. Mit einem »Warum?« hätte sie die Schuld eingestanden, hätte den dreiundzwanzigjährigen Altersunterschied ihrem Bewusstsein eingestanden, hätte Dreck auf die vermeintliche Unschuld gestreut. So sah er weiterhin bloß kindliche Unbedarftheit. Ihre Hand legte sich in sein Haar, verlor sich in dem blonden Weiß. Um seine Augen zeichneten kleine Falten ein Muster, sie waren noch ganz zart und jung. Sein Mund drehte sich zu ihr, in seinen Augen lagen Zweifel. »Du bist doch noch ein Kind. Ich bin ein Mann.« Sie antwortete nicht, es war ihr egal. »Deine Erwartungen, Angelika …, die kann ich dir nicht erfüllen … Meine Erwartungen sind doch …« Jetzt wollte sie nicht mehr, dass er sprach. Ihre Hand fuhr über seinen Mund, zeichnete die Lippen nach. Er musste aufhören zu denken, seine plötzlichen Reden störten die bisherige Sicherheit in ihrem Kopf. Er schüttelte sie ab, in seinen Bewegungen lag erschrockene Brutalität. Mit einem Ruck stand er auf. Ihre Hand lag da, wie ein unfertiger, zerbrochener Satz. Er ging ein paar Schritte, dann drehte er sich um. Heftig. Aggressiv. Etwas in ihr weinte, sie zitterte. Ihr gemeinsames Leben zersprang gerade, ein Teil steckte in ihrer Ferse, es flüsterte ein kaputtes »Ich liebe dich.« Ein anderer Teil hatte sich in ihrer Fingerkuppe vergraben, erzählte von romantischen Spaziergängen. Ein dritter Teil war in den Bauch gebohrt, fantasierte von einem Haus, in dem die Erklärungen freiwillig kamen. Sie konnte nicht alle Teile finden, es waren zu viele. Da war er bei ihr, streichelte. Sie hob den Kopf, bekam den ersten Kuss ihres Lebens. Öffnete den Mund, damit sie ihn schmecken konnte, sie wusste genau was sie tat, hatte es schon oft in Filmen gesehen. Einmal hatte sie es sogar vor dem Spiegel geübt. Seine Zunge fand die ihre, spielte mit ihr.

An dem Tag hatte er sie nicht gevögelt, Befangenheit war in ihrer Gegenwart sein stiller Begleiter.

Sie war doch noch ein Kind, ein kleines Mädchen, das an ewige, glückliche Liebe glaubte. Früher hatte sie genauso an Gott geglaubt, noch viel früher an die Zahnfee, zu diesem Zeitpunkt war es eben die Liebe gewesen. Die Lippe blutete nicht mehr, aber wenn sie mit der Zunge darüber fuhr, konnte sie den Riss spüren. Ihre Hände tasteten nach den Wangen, verwischten die Tränen ins Unkenntliche. Und er musste Spaß daran gehabt haben, mit dieser kleinen, süßlichen Liebe zu spielen, genauso wie er gerne mit ihren Brustwarzen gespielt hatte, seine Hände ließen sie emporstehen wie Radiergummi. Er hatte ihr gefallen, ja, es hatte ihr gefallen. Dieses Kribbeln in ihrer Nässe, diese Zartheit der Berührung. Unter seinem Blick, seinen Berührungen, war sie schön geworden.

Das Handy läutete erneut. »Erich« blinkte es, sie wollte annehmen, wusste nicht, was sie sagen sollte. Ließ es bleiben. Sie fühlte sich noch nicht, das Auto war ihre Nussschale, in der sie dahinschwamm, niemand konnte dazukommen.

Sein Gesicht brauchte stets eine Weile, bis es sich löste. Anfangs war er immer nervös, alles in ihm suchte nach dem Entdecktwerden. Die Gefahr lag da, noch in seinem Kopf, und schrie »Vorsicht!« und »Pass auf!«. Sie trafen sich am See, im Wald, abgeschiedene Orte, wo einen die Stille einlullt und einen wiegt. Wo es nur sie gab. Langsam wurde seine Miene dann gelassener, die

Gelöstheit überzog die Wangen, die Falten um seine Augen, die Mundwinkel. Sie rannen ineinander, wurden zu einer glücklichen, einheitlichen Masse. Manchmal stieg sie zu ihm ins Auto, legte sich auf die Rückbank, sodass niemand sie sehen konnte, bis sie das Dorf weit hinter sich gelassen hatten. Dann setzte sie sich auf den vorderen Sitz, wie eine Erwachsene. Zu ihm. Und sie hielten erst in der Einöde. Einmal fuhren sie zu einem Jahrmarkt, es dauerte fast eine Stunde, bis sie ihn erreicht hatten. Dieser Tag war besonders schön und erwachsen und einprägsam gewesen. Unter Menschen, zu zweit. Er hatte ihr eingeschärft, ihn »Daddy« zu nennen. Anfangs hätte sie »Papa« sagen sollen, doch da musste sie lachen, er war so gar nicht wie ihr Vater. Dort durfte sie ihn nicht küssen, bloß in der Geisterbahn und als die Todesschaukel am höchsten Punkt war. Aber sie hielten sich an den Händen, sie waren glücklich. In ihren Träumen von ihm packte er sie fest und legte seine Hand zwischen ihre Beine. Mit diesen kräftigen Händen konnte er es ihr die ganze Nacht besorgen. Das Nachthemd war ihr beim Erwachen am Rücken geklebt, es kribbelte befremdlich und schön in der Nässe zwischen den Schenkeln. Die Scham war nur kurz aufgeflackert, der Sündenvirus, von dem Pater Joseph in der Kirche so gern sprach, war schon in sie ergossen worden, obwohl zwischen ihren Beinen noch die Unschuld war.

Sie drehte den Schlüssel im Zündschloss, der Motor sprang an. Die Verdrängungsmechanismen wollten nicht mehr funktionieren, es schwappte und schnappte nach ihr. Sie war doch noch ein Kind gewesen. Sie hatte noch mit Babypuppen gespielt. Und sich geschminkt. Und sich vor dem Rechentest in der Schule gefürchtet. Und einen Mann geküsst. Sie war doch noch ein Kind gewesen. Ihr Fuß drückte auf's Gas, der Wind pfiff, sie lenkte vom Waldweg auf die Straße, sah das Auto nicht. Das Auto hinter ihr, das Auto in ihrem Auto. Es krachte. Es schepperte. Es brach etwas.

Die kommende Zeit war jene der Hände und Münder. Sie beredeten. Sie rührten sie an. Sie hielt die Augen geschlossen, irgendetwas in ihrem Körper war seltsam verdreht. Etwas anderes an ihr war weit weg. Da war viel Weiß und das schrille Sirenengeheul, diesmal in blaues Licht getaucht. Man berührte sie. Ihre Arme. Ihren Kopf. Ihre Beine. Sie fragten sie Dinge, aber es waren die falschen Fragen. Die Stimmen und die Berührungen wechselten, veränderten sich, das Gefühl im Körper nahm ab und zu. Musik vieler gewöhnlicher Stimmen kam und ging. Sie spürte Bewegung. Hektik. Anweisungen wurden gegeben. Laute schwirrten umher, verloren sich irgendwo wieder. Kälte war überall, kroch ihre Beine hinauf. Es klirrte. Sie dachte an Benjamin und daran, dass sie ihn am Montag nicht unterrichten musste. Sie dachte an Erich und ob er nun mit seinen wenig geschätzten Schwiegereltern sprechen würde.

Ihre Berührungen trugen sie nicht. Ihre Worte fassten daneben. Farben in ihren Augen verschwammen, verrannen, zerrannen, gerannen. Das Schwarz von Rabenflügeln, das Rot mancher Sonnenuntergänge, silbernes Weiß … die Gerüche waren oft matt … lösten sich in ihrer Nase auf. Ihr Körper wurde hingelegt, es ruckelte, es war still, irgendwann wurde es weich und beschützt. Jemand hatte eine Decke über sie gebreitet. Da war Wärme und Ruhe. Sie dachte an Karin und dass sie viel zu hässlich war, um jemals einen Mann zu finden. Etwas schlug in ihr Blut ein, Hitze breitete sich aus. Eine Zeit lang erblindete das Innere davon, es wurde betrunken, taub. Viel Stille lag um sie herum, sie war darin eingebettet, wie in Daunen. Immer mehr versank sie in ihrer Weichheit, hingebückt, ins Nichts gekniet. Sie dachte an Vincent und daran, dass er nicht tot war. Manchmal dachte sie auch nichts.

Der warme Sommerregen prasselte auf das Dach des Autos. Das fallende Wasser war so dicht, dass die Welt draußen versank. Das Innere des Golfs war ihr Atlantis, die verborgene Welt, von der nur Eingeweihte etwas wussten. Er schärfte ihr immer wieder ein, dass sie nichts sagen durfte. Sonst würden sie getrennt werden. Sonst würden sie ihm schlimme Dinge antun. Sie. Die anderen. Und das wollte sie, Angelika, schließlich nicht. Sonst würden ihre Eltern sie, die Tochter, nicht mehr lieben. Die Haie, die ihr Atlantis rauben wollten, waren überall. Die Eltern, Lehrer, Freundinnen … alle beneideten sie darum, deswegen musste sie es schützen. Beschützen. Beschweigen. Bedecken. Aber die Welt versank gerade um sie, es war also egal. Vincent hatte die Rücksitze heruntergeklappt, sodass das Auto fast wie ein Bett war. Auch Decken hatte er mitgebracht, sie gehörten seiner Vermieterin, sie badete in ihnen, in weißen Lilien auf rotem Untergrund. Die Vermieterin war eine alte Frau, die sich am Leben anderer laben musste, da ihr eigenes schon am Tod saugte. Deswegen durfte sie nie zu ihm, zu viel Gefahr, entdeckt zu werden. Er erzählte ihr von seiner Arbeit, manchmal küssten sie sich. »Die Menschen, für die ich ein Zuhause gestalte, ich glaube, dass sie oft gar nicht glücklich werden. Sie wollen sich das Glück nur kaufen, um es den anderen unter die Nase zu reiben.« Sie strich ihm über sein Haar, wie gut er roch. Er wusste so viel. Sie könnte in seinem Haus glücklich sein. Seine Hand tastete unter ihr T-Shirt, inzwischen war sie mit diesen Berührungen vertraut. Er hatte ihr gezeigt, wie sie ihn anfassen, reiben und pressen musste. Die Gelöstheit in seinem Gesicht kam dann besonders schnell. Es war schön, gebraucht zu werden. Es war schön, jemanden zu lieben. Er zog ihr das Shirt über den Kopf, sie reckte ihm ihre kleinen Brüste entgegen.

Irgendwo war da Angst, aber sie gehörte nicht in die Erinnerung, sie kam aus einer anderen Zeit. Aus der Gegenwart? Aus der späteren Vergangenheit? Da, sie wollte sich schon jetzt hereindrängen. Sie stammte aus einer Zeit, die dieses zwölfjährige Mädchen, sie, noch gar nicht erlebt hatte. Erst erleben würde. Die heutigen Erinnerungen kannten die Angst schon, sie schmeckte vertraut und abgestanden und köchelnd. Es war schwer sie zu bändigen, beinahe ergoss sich die Angst frei in ihr Blut. Glänzend schwarz rumorte es in ihr, immer tiefer sah sie sich in einen Strudel gleiten. So tief hatte sie sich hineingezogen, war sie von ihm hineingezogen worden. Wie ein Netz umschloss die Angst ihre Gedanken, es zog sich immer stärker zusammen, bald würde es den Erinnerungen keinen Spielraum mehr lassen. Sie würden noch ein wenig zappeln und dann verdorren. Leblose Hüllen, in die sie nie wieder hineinschlüpfen konnte. In einem feinen und teuren und exquisiten Lokal hatte sie einmal bei der Zubereitung von Flusskrebsen zugesehen. Sie wurden als lebende, kämpfende Körper in heißes Wasser geworfen, ihre harten Panzer zuckten noch kurz. Vielleicht von dem Schock, vielleicht aus Todesangst, vielleicht von der sie umschließenden Hitze. Da drängte sie die Angst zurück. Es war doch so schön gewesen, warum Angst haben?

Seine Finger machten sich an ihrer Hose zu schaffen, verharrten dort zögernd. Er hatte sie hier schon berührt, hatte bereits das warme, feuchte Fleisch zum Stöhnen gebracht. Sie blickte auf das Muster seiner Falten, mied seine Augen. Vorsichtig zog er sie auf sich, seine Arme umfingen sie fest, umarmten sie auf genau die Weise, die sie mochte. Er streichelte ihren Rücken, sie entspannte sich ein wenig, vergrub sich an seiner Brust. Sie spürte seine Härte zwischen ihren Beinen, es drückte und zog und sie fragte sich, ob es das gewesen war. Roch seinen Duft. Es war vorbei. Es war einfach gewesen. Er lag noch immer auf ihr und sie verstand nicht, was er da noch wollte. »Es wird nicht wehtun … ich werde vorsichtig sein … Angelika, willst du es?«

Willst du es? Willst du es? Sie hatte es gewollt. Hatte genickt und gelächelt und weiter gelächelt und »Ja« gesagt. Es war noch nicht vorbei gewesen. Sie hatte es nicht gewollt. Da war ein Fleck auf der Decke gewesen. Sie hatte es gewollt. Er hatte sich eingebrannt, denn nun saß er wieder hinter dem Auge. Sie hörte Stimmen, sie waren schon so nahe. Der Fleck hatte die Form einen Vierecks gehabt …

… nur eine Ecke war abgerundet. Wie war ein Fleck auf die Innenseite des Daches, seines Autos gekommen? Sie wollte ihn schon fragen, doch er lag noch immer auf ihr. Er stöhnte und keuchte und bewegte sich. Da war keine gewohnte Gelöstheit. Es war noch nicht vorbei. In seinem Gesicht. Lag nur Anstrengung. Es drückte wieder, er krallte sich in ihre Schultern, und dann war da plötzlich eine Schmerzwelle, nur kurz, die über sie schwappte.

»Angelika.« Die Stimme war noch näher. Aus wel-

chem Mund kam sie? Lilien schwammen an ihr vorbei, sie waren in grelles blaues Licht getaucht. Regen prasselte. Der Vater redete auf sie ein. Eine Mischung aus Honig und Gift lag auf der Zunge. Erich lag neben ihr. Vincent stand da, mit seinen Eiskugeln. Sie war wie zerwühlter Stoff, einer ihrer Arme winkte zum Abschied. Karin lachte. Welten kollidierten. Elise fuhr auf dem Rad. »Angelika.« Die Stimme war direkt neben ihrem Ohr. »Angelika.«

Sie schlug die Augen auf.

Zweiter Teil

Erich hielt ihre Hand, seine war warm und feucht und zittrig. Die zarte Haut ihrer Hände war aufgeschürft, über dem linken Auge zeichneten blauviolette Farben ein schönes Muster, ihre rechte Schulter war bandagiert. Sie war beschädigt und diese Verletzlichkeit gefiel ihm. Vielleicht war er der einzige Mensch auf diesem Planeten, der sich in Krankenhäusern wohlfühlte. Klare, helle Farben, Desinfektionsgeruch, und Menschen, die sich in drei eindeutige Kategorien unterteilen ließen. Es gab die Arbeitgeber, zu denen gerade seine Frau zählte, es gab die Arbeitnehmer – Ärzte und Krankenschwestern –, und dann gab es noch die stillen Besucher, die an den Betten wachten. Sie brachten Blumen und Schokolade und Zeitschriften, um höflich zu sein. Sie sahen auf die Uhr und hofften, dass die Zeit ihren zähflüssigen Lauf beschleunigen würde. Sie machten billige Konversation, um der Peinlichkeit der Stille zu entkommen. Ihre Fingerspitzen versteiften sich, vor einer Stunde hatte sie zum ersten Mal die Augen geöffnet. Nur kurz. Sie hatte ihn wahrgenommen, er hatte sie angelächelt. Dann hatte sie die Augen wieder geschlossen.

Morgen musste Erich zu einem Meeting, es ließ

sich nicht mehr absagen. Sie war stehen geblieben, ein anderes Auto hatte sie zum Stehen gebracht. Er musste trotzdem weitergehen. Jetzt lag sie da, während die Arbeit in seinem Büro und in seinem Auto und zu Hause und in seinem Kopf und im Mund des Chefs lag.

Sie roch nach altem Schlaf. Die Schatten der im Raum abgestellten Dinge umgaben sie, wie stille Ikonen; eine besonders große Ikone saß neben ihr. Sie hatte ihn kurz gesehen, bevor sie wieder abgetaucht war. Sie wollte wieder schlafen. Einfach nur schlafen. Immer weiterschlafen. Sie dachte, dass sie noch viel zu wenig geschlafen hatte. Das Loch in ihr wuchs noch immer, verschlang alles, zog sie nach unten, zog sie in die Vergangenheit.

Er ließ ihre Hand los, ging den langen Flur entlang. Zwei Krankenschwestern tratschten mit grellen Stimmen über einen Patienten, der wohl bald sterben würde. Als sie ihn sahen, ließen sie Zahnpastalächeln auf ihren Gesichtern aufblitzen. Er nickte zurück, wusste, dass sie sich die Augen nach ihm verrenkten. Nach einem schönen Mann, mit schönen Sachen und schönen Worten. Vielleicht würden sie aus Versehen Knoten in ihre Hälse machen, röcheln, endlich in Schweigen verfallen. Angelika schwieg so leicht. Sie brauchte auch keine schönen Worte.

Eine Krankenschwester rief an, als er den Wagen gerade auf die Autobahn lenkte. Sie sagte ihm, dass seine Frau nun wach war. Ansprechbar. Er hatte sie auch angesprochen, als sie noch tief im Schlaf gelegen war. Die Ärzte meinten, es sei gut, Worte an sie zu richten. Irgendwie würde sie damit vielleicht erreicht werden, ihr Unbewusstes würde vielleicht verstehen, sie würde vielleicht wieder zurückkommen. Vielleicht. Die Ärzte kannten Angelika und ihre Stille nicht. Aber vielleicht kam sie so zurück. Vielleicht. Und so hatte er gesprochen. Damit entkam auch er der Stille. Vielleicht.

Anfangs war es um die Arbeit gegangen, wie gut es ihm ging, dann war er zu einem Auto weitergewandert, das er gerne kaufen würde. Sie würde auch ein neues brauchen, bei dem alten war nichts mehr zu machen. Dann erzählte er ihr, wie sehr er in letzter Zeit den Druck auf seiner Brust spürte, sobald er an die Arbeit dachte. Die nächsten Worte drehten sich um ein Lied, das ihm besonders gefiel. »Seven Steps to Heaven«. Ob der Weg tatsächlich nur so kurz war? Dann hatte er erwähnt, dass er sich in ein paar Jahren zur Ruhe setzen würde, die Arbeit war ihm zu viel. Sie wuchs und wuchs und erstickte ihn dabei mit ihren Auswüchsen. Das hatte er ihr zum ersten Mal gesagt. Wenn sie wach war, zog er es vor, über die Arbeitsmassen zu schweigen. Das Schweigen hatte er von ihr gelernt. Wenn sie wach war, sprach er lieber über seinen Erfolg. Dann fiel ihm eine Weile nichts mehr ein.

Jetzt saß er im Auto, nahm die Abzweigung, dachte kurz an die Geschäfte, die ihn gleich erwarten würden. Es war ein Schock gewesen, als ihm eine sonore Stimme mitgeteilt hatte, dass sie verunglückt war. Ihr Glück musste in dieser Sekunde sehr klein gewesen sein, waren doch die Straßen in dieser Gegend meist leer. Der Fahrer des anderen Wagens hatte gemeint, sie sei wie aus dem Nichts auf der Fahrbahn gestanden. Er hätte sie gerne aus ihrem Nichts endgültig aufwachen gesehen, schade, dass er zu diesem Meeting musste.

Die Krankenschwester hatte sie ins Bad begleitet und war erst nach einigen scharfen, schneidenden Worten gegangen. Die Hände der Schwester waren weich gewesen, ihr Lächeln wie Nektar. Bis sie den Mund aufgemacht hatte, da war das Lächeln aus ihrem Gesicht verschwunden, die Hände waren zurückgezuckt. Hoffentlich reichten die zugefügten Worte, um nicht mehr wie ein kleines Mädchen behandelt zu werden. Sie war wieder wach, war nicht mehr die einfache Hülle. Der letzten Woche. Sieben Tage war sie nicht ansprechbar gewesen. Die wortlose Stille war noch immer auf ihrer Haut spürbar. Die Schulter pochte, der Schmerz zog immer weiter, den Nacken hinauf, den Rücken hinunter. Sie steckte sich die Zahnbürste in den Mund, putzte ungelenk, mit der linken Hand. Sie versuchte im Spiegel, in den vertrauten Linien ihres Gesichts die Spuren von Veränderung zu finden. Das Farbenarrangement, inzwischen von Blau zu Gelb reichend, leuchtete auf ihrer Haut. Die Konturen waren vielleicht eine Spur schärfer geworden, deutlicher ausgeprägt, der Schlaf der letzten Woche hatte Schatten in ihrem Gesicht hinterlassen. Farbe und Schatten auf ihrem Gesicht.

Ein paar Blumensträuße standen auf dem Nachttisch. Einer von Karin und den Kollegen – orange Sonnenblumen. Vergissmeinnicht von den Schülern und Schülerinnen. Rote Rosen von Erich – schön und klischeehaft. Sie lächelte nicht, es schmerzte zu sehr im Gesicht. Die Eltern hatten ihr eine Karte geschrieben, das Motiv zeigte betende Hände, mit Stacheldraht zusammengehalten. Sie spürte, wie sich das Fleisch unter den Stacheln wand, es jammerte und rief zu Gott. Die Botschaft war kurz: »Wir hoffen, dass du bald wieder gesund wirst und sind in Gedanken bei dir. Es tut uns leid. Deine Eltern.«

Sie hatten Verhandlungen geführt, lange und zäh, danach waren sie essen gegangen, gut und teuer. Hummercremesuppe, Tintenfischrisotto, Miesmuscheln in Weißweinsauce, Branzino in Goldkruste, für die Begleiterinnen bloß ein Salat. Sie wollten wohl nicht über die Linie der Konventionen hinausschlagen. Sie hatte gefehlt, die anderen hatten nach ihr gefragt. Nach seiner Frau. Nach seiner Begleitung. Der Unfall hatte Bestürzung und Mitleid ausgelöst, Genesungswünsche wurden ausgerichtet, nur sein Chef kannte sie. Er hatte ihm kurz auf die Schulter geklopft, ihn ermuntert, sich noch einen Tag freizunehmen. Doch er wusste, dass die Arbeit wuchs, wie Hunger, wenn er nicht regelmäßig gestillt wird. Kurz dachte er noch daran bei ihr anzurufen, ihre Stimme zu hören. Die Nacht war dunkel, kein Mond schien. Die wenigen Sterne konnten die Schatten nicht erhellen. Er bog in die Straße seines Hauses ein. Die am Straßenrand geparkten Autos wirkten wie skurrile, einsame, vorsintflutliche Tiere. Er hätte jetzt gerne einen Hund besessen, der ihm die Hand leckte und bellte, wenn er das Haus betrat. Es war so still.

Die Ärzte kamen und sprachen über ihren Körper, sie nickte. Lächeln konnte sie noch immer nicht. Eine Fliege zog im Zimmer ihre Kreise, das Surren zerrte an ihren Nerven. Was die Ärzte wohl tun würden, wenn einer der Stränge riss? Vielleicht schnitten sie ihr dann den Kopf auf, bohrten an der Schädeldecke, klebten die Teile wieder zusammen. Vielleicht konnten sie ihr bei dieser Gelegenheit auch ein paar einzelne Stücke herausschneiden, sie würde aufwachen und der Arzt würde ihr eine schleimige Masse zeigen, in die Erinnerungen abgespeichert waren. Erinnerungen, die dann nicht mehr zu ihr gehörten. Sie würde Vincent herausschneiden lassen. Und ihre Eltern. Erich konnte vielleicht in ihrem Kopf bleiben.

Er vermisste den warmen Körper neben sich, das Tintenfischrisotto lag ihm schwer im Magen. Es rumorte und grummelte und gluckste. Entnervt drehte er sich auf die eine Seite, dann auf die andere, massierte sich die Schläfen, dann den Bauch, schließlich seinen Schwanz. Der Druck in seinem Kopf ließ auch nach der Entladung nicht nach, er ging ins Bad, um sich sauber zu machen. Im großen Wandspiegel sah er einen Mann, der dort verloren stand. Der Mann sah ihn an, er trug nur sein Pyjamaoberteil, die Hose hielt er in der Hand. Es sah lächerlich aus, Mitleid stieg in ihm auf. Für den Mann im Spiegel.

Ihre Mutter kam und wiegte sie in ihren Armen, sie kuschelte sich tief in sie hinein, spürte die Wärme auf sich überströmen. Alles war gut, sie wurde beschützt. Und geliebt. Und umsorgt. Sie bettete ihren Kopf an die volle Brust der Mutter, versank. Wunderte sich kurz, dass sie so klein war, dass sie noch auf den mütterlichen Schoß passte. Als sie aufsah, blickte sie in Elises Kleinmädchengesicht, das sie höhnisch angrinste. Sie trug eine Zahnspange und war schwanger. Sie begann zu strampeln, wollte wieder zu ihrer Mama. Keuchte und schrie und heulte, dann wachte sie auf. Für einen kurzen Moment war die Sehnsucht nach einer Mutter so groß, dass sich alles in ihrem Inneren zusammenkrampfte und das Hirn zitterte. Dann setzten die Verdrängungsmechanismen ein, alles wurde zurückgedrängt, verschwand wieder im Dunst. Mit einer leicht schmerzenden Gleichgültigkeit dachte sie an ihre Mutter, sie verspürte keine Sehnsucht nach ihr. Das Sehnen galt eher der Urmutter, den Müttern in Hollywoodfilmen, der Heiligen Mutter Gottes. Frauen, die ihre Kinder aus brennenden Häusern retten, ihnen heiße Schokolade ans Bett bringen und ihnen am Hochzeitstag sagen, dass es noch nie eine schönere Braut gab. Die Sucht danach verspürt jede Frau, nur hat es meistens nichts mit der eigenen Mutter zu tun.

Die Stille drang ihr in die Nase, in die Ohren, in die Augen. Irgendwann würde sie blind sein vor lauter Wortlosigkeit, schon jetzt war sie sich dessen sicher. Nach all den Fragen, nach all dem Bohren über ihn und sie, über ihre Berührungen und vor allem über seine Berührungen, begannen nun die Eltern damit, sich auszuschweigen. Dabei waren es ohnehin von Anfang an sie gewesen, die kaum Worte gebraucht hatten. Mit einer Schere ritzte sie »A+V« auf die untere Seite der Lade, stach den Stahl immer wieder in das Holz. Tastete mit den Fingern die Buchstaben nach, dachte an sein Gesicht. An seine Küsse. Sie stellte sich vor, wie sie nebeneinander lagen und er erzählte, fragte, lachte. Sie war nun ein Albino, eine Missgeburt. Eine Tochter, die man nicht wollte. Sie hatte überhaupt keine Haut. Sie war durchsichtig, man konnte ihr Inneres sehen. Nach Erklärungen wurde zu Hause nicht mehr gefragt. In ihren Augen hatte man die Tochter schon genug gefragt.

Der Tag schlich langsam dahin, er wollte endlich zusammenpacken und ins Krankenhaus fahren. Um neun Uhr wählte er die Nummer ihres Krankenzimmers, eine unbekannte Stimme teilte ihm mit, dass seine Frau gerade bei einer Untersuchung war. In einer Stunde konnte er es noch mal versuchen. Er starrte aus dem Fenster, in seinem neuen Büro konnte er den Blick über die gesamte Stadt genießen. Der Himmel war wolkenverhangen, die Gebäude grau, seine Stimmung lag irgendwo dazwischen. Er arbeitete weiter. Ließ sich einen Kaffee bringen, eine halbe Stunde später bestellte er den nächsten. So wie er ihn mochte. Stark und heiß und schwarz. Wenn man Milch hinzufügte, verlor er nichts von seinem satten Schwarz. Die Bitterkeit rann ihm die Kehle hinab, in fünf Minuten würde er sie wieder anrufen.

Noch zwei Tage sollte sie hierbleiben, dann würde sie nach Hause dürfen. Der Arzt hatte sich mit ihrer Genesung zufrieden gezeigt, für ihn gab es keine Komplikationen. Sie hatte über Schlaflosigkeit geklagt, nach einem Mittel dagegen verlangt. Der Mann im Kittel hatte gezögert, am liebsten hätte sie nachgesehen, ob die grüne Farbe hinter seinen Ohren schon vollkommen getrocknet war. Erich hätte nach einem anderen Arzt verlangt, einem Spezialisten. Möglichst teuer. Es interessierte sie nicht. Sie wollte bloß tiefe Traumlosigkeit, einfach in ein dunkles Nichts versinken. Nicht mehr auf den Schlaf warten. Einfach in ihn hineingleiten und darin verschwunden bleiben, ohne Vergangenheitsfetzen, ohne Gedanken. Erich würde heute wohl kommen, sie konnte sich gerade keine Worte und Gesten und Reaktionen auf ihn vorstellen. Er war so weit weg.

Als sie das Zimmer betrat, läutete das Telefon. Schwerfällig fiel sie auf das Bett, ignorierte die schrillen Laute. Zum Glück hatte sie ein Einzelzimmer, sie hasste es, mit fremden Leuten ein Zimmer zu teilen. Es war zu intim, neben jemandem zu schlafen, den man nicht einmal in seinen Grundzügen kannte, das einzige Bindeglied eine körperliche Verletzung. Das Frühstück stand noch unberührt am Nachttisch, neben den Blumen, die ihre Köpfe bereits hängen ließen. Bloß die Rosen blühten noch, sie mussten teuer gewesen sein. Sie versuchte ein Lächeln, alles in ihrem Gesicht brannte. Es gab Brot, Butter, Honig. Und Tee. Starken, heißen, wundervollen Tee. Dankbar wärmte sie sich an ihm.

Es war kalt. Sie wanderte durch das Zimmer. Kreuz und quer und wieder zurück. Sie beschleunigte und verlangsamte ihre Schritte. Begann zu hüpfen. Auf dem rechten Bein, dem linken. Sie dachte an ihn. Sprach seinen Namen aus: »Vincent. V-i-n-c-e-n-t. Viiiiiiinceeeeeent. Vin-cent.« Zuerst flüsterte sie ihn nur, dann wurde sie lauter, die Eltern fielen ihr ein, rasch senkte sie die Stimme wieder. Sie griff nach einer der Puppen, stellte sich vor, sie würden gemeinsam auf dem Markt spazieren gehen. Ließ die Puppe wieder los. Legte sich auf das Bett. Griff sich zwischen die Beine, dachte an ihn. Doch er war zu weit weg.

Wieder das laute, schrille Schreien des Telefons. Sie nahm ab, aus ihren Augen sprach noch der Schlaf. »Hallo?«

»Angelika? Angelika.«

»Hallo, Erich.«

»Wie geht es dir?«

»Gut. Es geht mir gut. Der Arzt meint, ich kann bald nach Hause gehen.«

»Ich bin gerade im Büro. Am Abend komme ich zu dir.«

»Dann bis heute Abend … Ich freue mich auf dich.«

Sie legte auf. Starrte auf das Telefon.

Er hielt den Hörer noch in der Hand, als schon das Freizeichen ertönte. Sie war in ihren Worten kurz gewesen, aber das war sie meistens. Trotzdem hätte er sich mehr gewünscht, mehr Emotion in der Stimme, mehr Antworten, mehr Fragen, einfach mehr von ihr. Dabei hatte er sich am Anfang in ihre Stille verliebt, sie hatte ihn nicht mit Nomen und Verben und Adjektiven erschlagen, so wie es oft andere Frauen taten. Von Anfang an war sie diese stille, schöne Gestalt gewesen.

Erich konnte die Augen nicht von ihr abwenden obwohl er merkte, dass Miriam schon unruhig wurde. Immer wieder drückte sie seine Hand, ihre Bewegungen glichen jenen eines aufgeschreckten Vogels; sie lächelte etwas zu fröhlich mit ihren leuchtend blutenden Lippen, während sie von einem Gesprächspartner am Tisch zum nächsten flatterte. Bildlich gesprochen. Die Frau ihm gegenüber war dagegen schon fast spartanisch in ihren Bewegungen. Sie lächelte bloß, nickte höflich, aß so wenig und so bedächtig, als wäre es ihr letztes Mahl. Sie war die neue Begleitung seines Chefs. Angelika. Lächelnd. »Schmeckt Ihnen das Essen?« Ihr Lächeln vertiefte sich, sie neigte den Kopf. »Es ist köstlich.« Wieder schwieg sie. Fieberhaft suchte er nach einem neuen Thema, zerbrach sich den Kopf, wie er ihre Aufmerksamkeit erneut fesseln konnte. Miriam flatterte immer stärker, ein halbes Jahr später war seine Ehefrau dann aber aus dem Bett gestoßen worden. Da hatte sie Angelika in ihrem eigenen Bett entdeckt.

Noch ganz deutlich konnte er sich an den Geschmack ihres ersten Kusses erinnern. Eine Mischung aus kaltem Eisen und Zimt, betäubend. Glücklich war er zu seiner damaligen Frau nach Hause gefahren. Am liebsten hätte er ihr berichtet, dass er gerade von einem wundervollen Wesen geküsst worden war. Besonnen hatte er sich zurückgehalten. Den ganzen Abend nur still vor sich hin gestrahlt und gelächelt und gelacht.

Die Geräuschkulisse im Krankenhaus war beständig, Fußgetrampel, Anweisungen, Schlürfen, Fragen, Schmerzen. Manchmal glaubte Angelika, das Schneiden von Messern in Körper aus den Operationssälen zu vernehmen. Alles vermischte sich, sie fühlte sich fast wie in der Schule. Die Krankenschwester hatte ihr eine Schlaftablette gebracht, auf Anweisung des Arztes. Eine. Vielleicht durften sie ihr nicht mehr geben, schade. Sie legte die Pille auf die Zunge, spülte sie mit einem Schluck Wasser hinunter. Dachte noch kurz an Fräulein Else und wie Schnitzlers Figur in ihren letzen Atemzügen doch wieder leben wollte. Dummes Ding.

Sie saß im Zimmer, die Mutter hatte ihr gerade Abendessen gebracht. Als sich ihre Augen trafen, war es ihr fast zu laut geworden. Die wortlose Anklage der

Mutter ließ ihre Ohren bluten. »Wieso hast du dich von ihm berühren lassen? Freiwillig! Wieso hast du dich in den Schmutz gezogen? Freiwillig! Wieso bist du kein Opfer? Sondern Täterin. Freiwillig. Wieso hast du uns hintergangen?« Vielleicht sagte sie auch »Wieso hast du dich erwischen lassen? Wann werden wir im Dorf nicht mehr die Eltern des Mädchens sein, das mit zwölf Jahren Geschlechtsverkehr hatte?« Nichts davon wurde gesagt, alles schwang in der Luft. Sie blickte aus dem Fenster, eine Schar Tauben schoss über die satte, gekrümmte Himmelsfläche, ihre kleinen, schwachen Flügel schlugen grau und weiß und schwarz im Gleichklang, wie ein Flaggengruß. Leise grüßte sie zurück. Gerne wäre sie eine von ihnen gewesen. Dann hätte sie das Fenster geöffnet und wäre hinausgeflogen.

Sie war kein Vogel. Sie suchte ihn. Sie lag in ihrem Bett und wimmerte. Die Stille griff nach ihr. Er war nicht da. Angeblich hatten sie ihn geschnappt. Angeblich saß er im Gefängnis. In einer steinernen Zelle. Mit den Ratten. Bei Brot und Wasser. Hasste sie. Sie zerriss das Bild in ihrem Kopf, das neue zeigte ihn mit traurigen Augen. Seine Augen bettelten sie an, ihn doch in Ruhe zu lassen. Sie konnte nicht. Sie wollte doch ein Haus mit ihm, ein Haus ohne Erklärungen, aber mit vielen Worten. Sie suchte weiter. Da war er, nackt, griff nach ihr, sein feuchter Atem war ihr unangenehm. Sie wollte zu ihm, sie wollte weg, dann war er plötzlich ihr Vater. In weiße Lilien gebettet.

Wasser perlte von seiner Brust. Er streckte die Hand nach ihr aus. Liebevoll. Voll mit Liebe. Hinter ihm stand die Mutter und drückte sich an ihn, presste ihre Brüste an seinen Rücken. An Vincent. An ihren Vater. An Vincent. Die Hände der Mutter bedeckten seinen nackten Mund, er blickte an ihr vorbei. Und dann war da Erich ... hinter ihr ... vor ihr ... sie schrie ... aber da war wieder nur Stille.

Wieder saß er neben ihr, seine Hand auf ihrer heißen Stirn. Ihre Wimpern flatterten, ihre Haut war wie erhitztes Glas. Die Krankenschwester hatte ihm mitgeteilt, dass sie eine Schlaftablette genommen hatte. Der Gedanke beunruhigte ihn, er wollte sie nicht so betäubt. Er wollte endlich wieder ihre Ruhe und Sicherheit, ihre Verletzlichkeit war ihm anfangs nahegegangen, hatte ihn größer und mächtiger und besser erscheinen lassen. Inzwischen fand er sie ermüdend. Deshalb begann er zu erzählen, zuerst nur, um das Surren der Fliege zu übertönen, die unsichtbar ihre Kreise zog. Wieder ging es um die Arbeit, ihre Wimpern flatterten stärker, sie seufzte, fast war es so, als wäre sie wach. Das Lächeln fehlte ihm an manchen Stellen ein wenig.

Zuerst war da eine Polizistin gewesen, aus ihrem schwammigen Mund war die Neugier ausgelaufen. Sie hatte geschwiegen, an ihn gedacht. Vincent hatte sie davor gewarnt, diese gemeinsamen Stunden waren ihr süßes Geheimnis. Die anderen verstanden es nicht, wollten etwas Schlechtes und Verdorbenes daraus machen. Aber sie wusste es besser. Schwieg beharrlich. Dachte an ihn. Ihr Schweigen war alles, was sie ihm geben konnte. Er hatte sie so oft darum gebeten. Er würde sie hassen. Er hasste sie bestimmt schon. Ihre Zähne verbissen sich in der Zunge. Schließlich war da eine andere Frau. Eine, die mit denen arbeitete, die nicht ins Schema passten. Sie war jung, hatte hennarot gefärbtes Haar, ihr Make-up trug sie dick wie Kuchenglasur. Sie erinnerte sie an eine Putzfrau in der Schule. Auch sie fragte.

Zu Hause war dann wieder Stille. Und dort wieder Fragen. Sie kauerte sich in ihr Schweigen und wollte doch reden. Wo war er? Wo waren die Worte der Eltern?

»Angelika, wie verbringst du denn so deine Tage?« Ihr Gegenüber wickelte eine ihrer roten Haarsträhnen um den Zeigefinger, heute war ihre Haut von Lehm überzogen. Schicht für Schicht trug sie jeden Morgen schlechtes Make-up auf, braune Farbe auf ihren Wangen, der Stirn, um den Mund verteilt. In der Schule hatten sie letztes Jahr etwas über die Aborigines gelernt, auch sie rieben ihre Haut mit Erde ein. Sie schwieg, blickte auf den Teppichboden. Geschwungene Linien jagten dort schwarze Blumen und weiße Kringel, verschmolzen in ein abstraktes Muster. Sie versuchte einen Sinn, ein System auszumachen, aber immer wenn sie glaubte, es durchschaut zu haben, trat wieder eine Un-

regelmäßigkeit auf. Die Frage stand noch immer im Raum, der Notizblock war unbeschrieben. Die Stille wurde schon wieder alt, noch konnte sie aber ihr Prickeln auf der Haut spüren. Hunderte kleine Nadelstiche überzogen die Hülle des Körpers, an der rechten Ecke des Teppichs war eine schwarze Rose. Die Frage hallte ein letztes Mal wider, gleich würde die Stille wieder voll da sein. Das Dröhnen der Wortlosigkeit nahm schon zu, es schrie ihr bereits entgegen, ihr Gegenüber runzelte die lehmige Haut. »Ich bin eigentlich den ganzen Tag in meinem Zimmer.« Der Lehmboden wurde rissiger, ein Lächeln auf dem lehmigen Gesicht.

Ihre Augäpfel bewegten sich unter den Lidern, er strich ihr ein paar Haare aus dem Gesicht. Sein Blick fiel auf den Ehering, silbern und glatt schloss er sich um seinen Finger. Vor seiner ersten Ehe war es ein goldenes, protziges Stück gewesen. Doch die Kunden hatten ihn gemocht, den Ring, er stand für eine solide Beziehung. Die es noch nicht gab. Für Sicherheit. Für Beständigkeit. Bei der ersten Hochzeit war er dann schon schmaler gewesen, mit einer hauchdünnen Gravur: »Für immer dein«. Mit den Jahren hatte er die Buchstaben kaum mehr lesen können, sie verschwammen vor seinen Augen, wurden von den Jahren weggetragen. Er dachte an Miriams Wortschwall, der alles berieselte, wo sie gerade stand, ging oder lag. Angelikas Wortlosigkeit brannte sich einem dafür oft ins Gesicht, er konnte Narben auf der Haut zeigen, wo sie sich eingeätzt hatten. In letzter Zeit wünschte er sich ein Kind, vielleicht ein kleines Mädchen, mit dunklem Kraushaar und einer Himmelfahrtsnase, das die Ärmchen nach ihm ausstreckte und »Papa« sagte. Oder einen Jungen, pausbäckig und von Sommersprossen übergossen, der ein Bild malen wollte oder einen Ball kickte. Sie würde das Kind umarmen und küssen, seinen warmen Atem auf dem Hals spüren und ihm am Abend davon erzählen – gemeinsam brachten sie dann das Kind zu Bett und liebten sich im Anschluss. Oder hielten sich in den Armen. Oder redeten.

»Papa, wo ist er eigentlich?« Er sah nicht von seiner Zeitung auf, doch sie wusste, dass sein Mund nicht weiterlas, in der Luft verharrte. Sie wollte die Frage nicht in der Luft verpuffen sehen, fragte wieder. Und wieder. Keine Antwort. Der Keim an Stille begann immer mehr anzuschwellen, wuchs unaufhörlich. Sie konnte geradezu hören, wie er nach Worten suchte, ein Abtasten und Danach-Greifen, immer wieder ins Leere. Sie stand auf, ging in ihr Zimmer zurück, starrte aus dem Fenster. Suchte den Anfang der Kette, wo die Stille begonnen hatte. Konnte nichts finden. Suchte zwischen den Gliedern. Erneut fand sie nichts.

Die Tage schlichen langsam dahin, manchmal wandte sie sich um und bemerkte, dass schon wieder ein Tag vergangen war. Dann fuhr ihr kurz der Schreck in den Mund, doch bis er das Herz erreichen konnte, war da schon wieder Tonlosigkeit in ihrem Hirn. Alles verlor an Bewegung. Sie stand auf, wusch sich, frühstückte, machte die Schulaufgaben, die ihr der Vater jeden Abend brachte. Sie wusste nicht, woher er sie hatte, es war zu anstrengend, ihn danach zu fragen. Vielleicht wurden sie von einer Freundin vorbeigebracht. Vielleicht holte er sie aber auch jeden Tag von der Lehrerin, erzählte dabei, wie gut es ihr ging und dass sie bald wieder am Unterricht teilnehmen würde. Nach den Schulaufgaben lag sie oft im Bett oder blickte aus dem Fenster oder dachte an ihn. Doch manchmal verschwamm er ihr zwischen den Fingern und wenn sie nach ihm griff, lag er auf dem Boden oder versteckte sich in einer Ecke. Vor ihr. Das Mittagessen kam, die Mutter brachte es ihr oft ins Zimmer, manchmal aßen sie gemeinsam am Esstisch. Manchmal hörte sie am Nachmittag Radio, doch es war zu weit von ihrem Kopf entfernt. Wieder blickte sie aus dem Fenster. Zweimal sah sie Elise mit dem Rad vorbeifahren, neben ihr fuhr Louise, ihr Lachen flatterte an ihre Fensterscheibe, prallte dagegen, surrte kurz, lag auf dem Fensterbrett.

Erich saß in der Krankenhauscafeteria, bestellte einen Kaffee und ein Stück Schwarzwälder Kirschtorte. Es verklebte ihm den Mund, Zucker und Koffein trieben für kurze Zeit Energie in seinen Körper. Sein Handy klingelte, schrill und laut und nervtötend erklang der Donauwalzer von Strauss, alle drehten sich nach ihm um. Er lächelte entschuldigend, eine Dame nickte ihm huldvoll zu. Mit einem Lächeln. Automatisch erwiderte er ihre Regung an Gesichtsmuskeln, schaltete das Gerät aus. Blickte in das Schwarz des Kaffeebechers, wann würde er endlich mit ihr reden können? In den nächsten zwei Stunden sollte sie angeblich aufwachen, wieder einmal, eine Ewigkeit lag vor ihm. Er dachte daran, wie er sie in jener Nacht angerufen hatte, sie hatte nicht abgehoben. Damals hatte er sich noch nicht gewundert, war immer wieder in die Arbeit zurückgesunken. Das Unbewusste hatte ihm genug Antworten gegeben: »Sie hat ihr Handy im Auto vergessen« – im Falle, sie sei noch bei ihren Eltern; »Sie hat ihr Handy bei den Eltern vergessen« – im Falle, sie sei schon auf dem Weg nach Hause. Sie hätte auch auf lautlos geschaltet haben können, sie wollte nicht rangehen … Die Eltern hatte er nicht angerufen. Jedes ihrer Worte ihm gegenüber war stets geprägt von Höflichkeit und Respekt, das war ihre Währung. Sie verwöhnten ihn mit selbst gekochtem Essen, liebevoll zubereitet, der Versuch, seinem Gaumen Genüge zu leisten, bei jedem Bissen spürbar. Sie schnitten vorsichtig Themen an, tapsten auf ihnen herum, sprachen seinen Worten nach. Wenn er von der Arbeit sprach, schwiegen sie, in Ehrfurcht erstarrt, warfen einander wissende Blicke zu, maßen das Geld. Doch wenn die Mutter in das typische halbe Lächeln verfiel, fühlte er seinen ganzen Charme zerbröseln. Ihre Wortarmut hasste er bei diesen Treffen, hatte das Gefühl, die Worte aller anderen laut aussprechen zu müssen. Er war dann der Laie einer Schauspielertruppe, der seinen Text erst lückenhaft beherrschte, stets in Gefahr, einen Fauxpas zu begehen. Dabei waren sie einfach gestrickte Menschen, meistens konnte er durch ihre Maschen sehen, sie bewunderten ihn, das Muster war simpel. Dessen war er sich sicher.

In einer Woche begann die Schule, ein flaues Gefühl trat in der Magengegend auf, wenn sie daran dachte. Alle würden sie ansehen, anstarren, ihr unter die Haut blicken. Die Mütter würden ihren Kindern den Umgang mit diesem Mädchen untersagen, als könnten ihre Taten und Gedanken und Worte auf die Farbe an den Wänden, die Fliesen auf dem Boden, die Gehirnmassen der Kinder abfärben. Die Schwäche im Magen wurde noch zittriger. Inzwischen trat dieses Gefühl auch auf, wenn sie an ihn dachte. Oder ihre Eltern sprechen hörte. Sie taten das. Unter sich. Sie vernahm dann ihre Stimmen aus der Küche oder dem Wohnzimmer oder einmal auch aus dem Schlafzimmer, die Stimmen waren Fremdkörper. Sie befremdeten ihren Körper, ihr Hirn, die Masse unter ihrer Brust. Sie versuchte sich vorzustellen, wie er plötzlich an ihrem Fenster stand. Sie aus dem Fenster trug, davontrug, aus dem Dorf. Sie malte sich seinen Kuss aus, drückte das Gesicht an einen der Polster. Erstickende Weichheit lag auf ihren Lippen, sie warf den Polster von sich. Es klopfte, die Mutter trat ein. Die Hände waren kunstvoll ineinander verknotet, kein Lächeln lag auf dem Gesicht. Sie wartete, verschränkte die Beine, zog ein Kissen auf den Schoß, um ihn zu bedecken. Am liebsten hätte sie sich in ihrem weiten weinroten Pulli verkrochen oder in ihrer Mutter. »Angelika. Ich muss dir etwas sagen.« Die Mutter entknotete die Hände, legte sie ihr auf die Schultern. Die Worte hinterließen einen seltsamen Nachgeschmack, als würde man abgestandenes Wasser trinken, nach dem man über Tage in der Wüste gesucht hat. Dennoch schwieg sie, ihr fehlten die Worte. »Er … er ist … Herr Müller hatte im Gefängnis einen Zusammenstoß. Zwei andere Häftlinge haben ihn schlimm zusammengeschlagen, gestern Nacht ist er an den Folgen … er ist gestorben.« Es surrte in den Ohren, es bildete sich etwas in ihrem Inneren, das nach draußen drängte. Sie würgte. Spuckte beinahe auf den Boden. Spuckte. Heißes Wasser brannte hinter den Augen. Die Mutter strich ihr über die Wange, drückte sie an sich. Sie ließ sich hineinfallen.

Ihr Kopf war in Watte gepackt, hätte man ihn zu diesem Zeitpunkt aufgeschnitten, hätten die Ärzte erst weiße, flauschige Masse herauspflücken müssen, um mit ihrer Operation beginnen zu können. Die Helligkeit brannte auf ihrer Netzhaut, ließ dunkle Ringe hinter den Augen entstehen. Sie stöhnte, trank einen Schluck Wasser. Steckte den Zeigefinger in das Nass, befeuchtete damit ihre Lippen, Wangen und Augen. Übelkeit steckte in ihrem Hals, drängte nach draußen. Sie kämpfte dagegen an, der gallige Geschmack in ihrem Mund wurde intensiver.

Er hätte sich gerne noch einen dritten Kaffee gegönnt, doch der Verstand riet ihm davon ab. Schade. Aber sein Herz schlug ihm schon jetzt um die Ohren, er fürchtete die Schlaflosigkeit. Er würde ihren Eltern Bescheid geben, sobald sie miteinander gesprochen hatten. Würde ihnen sagen, dass es ihr gut gehe, sie sich keine Sorgen machen brauchten. Als er ihre Mutter von dem Unfall benachrichtigt hatte, war ihre Reaktion verhalten gewesen. Kurz angebunden. Die sonstige Höflichkeit war blass ausgefallen, bloß der Sitte wegen an den Worten gehangen. Seitdem gab es keine Reaktion mehr, bloß die Karte zeugte davon, dass sein Anruf wirklich stattgefunden hatte. Ein Raunen ging durch das Café, sein Blick folgte den anderen, nahm einen kleinen Jungen war, braune Locken standen aberwitzig vom Kopf ab, der Kirschmund verzogen, die Wangen zart gerötet. Ein tiefer Schnitt zog sich den ganzen Unterarm hinauf, man konnte den Knochen unter all dem Blut erahnen. Eine Frau stand neben dem Jungen, gestikulierte wild in alle Richtungen, ihre Stimme überschlug sich an den Satzenden, ließ die Wörter in alle Richtungen fliegen. Die Informationsdame blickte sie unberührt an, die Verletzung des Jungen war ihr gerade einmal ins Auge gefallen, keinen Zentimeter tiefer. Er selbst spürte kurz Übelkeit in sich aufsteigen, Ekel. Er und alle anderen in dieser Eingangshalle sahen etwas, das bis zu diesem Tag noch keiner gesehen hatte. Das Innere dieses Jungen.

Als er eintrat, blickte sie ihm entgegen. Sie sah schlecht aus, wächserne Haut, vertrocknete Lippen, der Schlaf klebte in ihren Augen. »Du bist da …« Sie lächelte, obwohl es ihr offensichtlich die Innenseite ihres Gesichts aufbrannte. Streckte die Hand nach ihm aus, er ergriff sie, streichelte ihre Finger. »Endlich bist du wach … Als ich gekommen bin, hast du schon wieder geschlafen … Da bin ich einen Kaffee trinken gegangen …« Seine Worte verschmolzen ineinander, gingen immer in das andere über, ohne Anfang und Ende, so schnell spuckte er sie aus. Sie drückte seine Hand, wollte sich in seine Arme gleiten lassen. Da war er. Er war da. War da. Da war er. Für sie.

Dritter Teil
Zwei Jahre später

Das Sonnenlicht schien weiß und gefroren und äußerst zaghaft durch das Fenster. Vor dem Fenster war noch Nebel, diesiges Grau. Gut, dass es ausgesperrt blieb, wenn sie das Fenster nicht öffnete. Auf dem Fensterglas malten Eisblumen ein schönes Muster. Sie blieb noch kurz liegen, ließ den Wecker in ihren Ohren weiter schrillen. Genüsslich streckte sie die Arme über den Kopf, machte den Hals lang, spannte den ganzen Körper an. Sie horchte auf die Geräusche im Haus, tiefe Ruhe lag um sie. Erich war auf einer Fortbildung für die Arbeit, er würde erst wieder in einigen Tagen zurück sein. Sie schwang die Beine aus dem Bett und für einen kurzen Moment ergoss sich nasskalte Luft auf ihre Haut, sie warf sich den Morgenmantel über.

Das Wochenende erstreckte sich planlos vor ihr, sie steckte das Kabel des Radios in die Steckdose. Eine fröhliche Stimme flog durch den Raum, berichtete über die Garderobe von Angelina Jolie, über Tote bei den Aufständen in Syrien, über die Eskapaden eines B-Promis und die Essgewohnheiten seiner jüngeren Freundin. Sie dachte an die Hefte, die sich auf ihrem Tisch stapelten, nach Korrektur verlangten. Whitney Houston gab einen Song zum Besten, Liebe und Schmerz und Sehnsüchte platschten in den Raum. Ihre Zähne knirschten in das Apfelfleisch. Das Handy vibrierte, Erich hatte eine Nachricht geschrieben: »Guten Morgen. Der Tag ist jetzt schon langweilig :) Bist du schon aufgestanden? Grüß Lia von mir! ild«

Aus dem Radio ertönte der nächste Song, sie kannte die Sängerin nicht, die mit altersloser Stimme über die Schwere des Lebens räsonierte, untermalt von Gitarrenklängen. Sie drückte auf den Knopf der Kaffeemaschine und nahm nach vollbrachter Tat einen großen Schluck. Auf einmal war es wieder ganz still. Sie hatte dem singenden Mädchen die Stimme abgedreht.

Sie tippte: »Arbeite auch schon! Lia schickt Grüße zurück, wir vermissen dich. ild«

Sie duschte, kleidete sich in eine schwarze Hose und eine azurblaue Bluse. Noch immer war viel Tag übrig. Lange weiße Stunden mit rauchigem Nebel und ein paar stummen, verwehten Schneeflocken. Nicht mehr viele, der Frühling streckte sich bereits. Es war schon zu lange Winter gewesen, die Wärme musste endlich wieder auftauchen. Vielleicht sollte sie mit Erich in den nächsten freien Tagen ans Meer fahren, seinen Geburtstag nachfeiern. Am besagten Tag hatte er keine Zeit gehabt für sie, die Zeit war mit Papieren und Strategien verronnen. Es war ein produktiver Tag gewesen, für sie, sie hatte eine gesamte Schularbeit korrigiert und Vorbereitungen für eine Woche geschrieben. Aber nachfeiern mussten sie noch. Sie verspürte Lust auf das tiefe, salzige Blau, sie stellte fest, dass sich in ihrem Kopf gerade das Tote Meer befand. Letzten Sommer war sie mit Erich dort gewesen. Das Salz lag schwer auf der Haut, es gab keine glitzernden Fische, keine Seeanemonen, kein pittoresk-unheimliches Getier, das in der dunklen Tiefe lebte. Es war sauber und steril und schön. Sie tauchte hinab, trieb wie ein Korken wieder herauf, das Salz verkrustete ihr die Haare, die Wimpern und Augen.

Ein wenig zäh vertropfte der Vormittag, gerann zu starren Minuten, Viertelstunden, Stunden. Wort für Wort, Zeile für Zeile ging die Arbeit voran. Einmal stand sie auf, um sich etwas zu essen zu machen, am Ende presste sie aber nur ein Joghurt die Speiseröhre hinab. Manchmal lauschte sie Lias Geräuschen nach, bis der Rotstift wieder über die blauen Seiten fuhr, rote Kleckse auf blauem Grund. Annemarie machte ihr Sorgen, das Mädchen schaffte keinen geraden Satz auf das linierte Papier zu bringen, stets waren da Ecken und Abbiegungen, die nicht in gerade Gedankenläufe passten. Die Schülerin hatte ein großes, teigiges Gesicht, sie fand es verlockend, darin herumzukneten, es zu verändern. Annemaries Körper war schon jetzt alt und weich und dünstend, sie verspürte für das Mädchen eine Mischung aus Zuneigung und Mitleid.

Manchmal dachte sie daran, sich eine Affäre zuzulegen. Im Geiste vögelte sie den Mann im Park, den Sportlehrer oder den Briefträger, der ihre Post sorgfältig in den Briefschlitz steckte. Erich hatte damit nichts zu tun, es wäre bloß ein netter Zeitfüller für die langen Wochenendstunden gewesen. Die Zeit überzog alles mit ihrer zähen Masse, verursachte Herzrasen und Schweißausbrüche. Letzte Woche hatte sie es in ihrem Kopf mit dem Bäcker getrieben. Der Duft von Brot war ihr ganz plötzlich in die Nase gedrungen, als sie in der Stadt einkaufen gewesen war. Da die Flügeltür zur Bäckerei weit offen gestanden war, hatte sie ein paar Schritte hinein gemacht. Der Dampf von heißen Brotlaiben, der knusprige, leuchtende Teig und die bloße Bäckerhaut gaben ihr Verlangen nach Sinnlichkeit. Sie wollte den alten Mann an der Hand nehmen, seine enormen Mandelaugen zudrücken und es in der Wärme und Gemütlichkeit und Sattheit zum Geschlechtsakt bringen. Direkt auf dem langen hölzernen Backtisch, durch die vielen Jahre der Benutzung zerfurcht und ein wenig unansehnlich. Er hatte ihr Gesicht in das Mehl gedrückt, als sie sich über den Tisch gebeugt hatte. Er öffnete ihre schwarze Hose, zog die rote Seidenunterwäsche hinunter und dehnte langsam und leidenschaftlich und gekonnt ihre Öffnung. In dem

Moment hatte sich der Bäcker ihr zugewandt und sie fragend angesehen – Wollte sie vielleicht etwas kaufen? Eilig putzte sie sich den Duft nach Brot und Wärme und Sex aus der Nase, ging weiter.

Sie stöhnte, legte die Hände auf das kühle Holz des Arbeitstisches, dann wanderte die Hand nach unten und berührte das eigene Fleisch, rieb die warme und feuchte Stelle und bereitete sich so ein einsames, intensives Vergnügen. Es zog die rechte Schulter abwärts, ein Schmerzknäuel bildete sich im Nacken, lief den Rücken hinab. Der Gewöhnungseffekt wollte bei dieser Körperreaktion nie einsetzen, jedes Mal verzogen sich ihre Mundwinkel auf's Neue hinunter. Vorsichtig ließ sie die Schultern und den Hals kreisen, massierte den Nacken mit den Fingerspitzen. Regelmäßig wurde sie dadurch an den Unfall erinnert.

Lia strich ihr um die Beine, das schwarz-weiße Fell glänzte, überall hinterließ es Spuren. Langsam verlor sie ihre pelzige Pracht, warf Härchen ab, der Frühling musste also bald kommen. In vollkommener Anmut setzte sie sich auf Annemaries Heft, schnurrte, streckte ihr herausfordernd ihr kleines Köpfchen entgegen. Vergrub die festgehaltenen Gedanken der Schülerin unter ihrer leichtfedrigen Masse. Sie hob die Katze herunter, fing sich dafür ein ärgerliches Pfauchen und ein aufreibendes Stechen in der Schulter ein. Die Schmerzen traten meist bei Wetterumschwung ein, sie freute sich noch ein wenig mehr auf die Wärme. Lia stolzierte aus dem Zimmer, warf ihr keinen zweiten Blick zu.

Die Katze war ihre Idee gewesen, sie hatte sich nach Gesellschaft gesehnt, Erich musste immer öfter auf Geschäftsreisen gehen, immerhin war er letztes Jahr schon wieder befördert worden. Zur Feier des Tages hatte er ihr eine Kette von Chaingang um fünfhundert Euro gekauft. Wunderschöne Perlen, milchiges Weiß, fest miteinander verknotet. Die Katze hatte sie ihrer Beziehung mit Erich beigesteuert, Lia sollte ein neues Verbindungsglied sein. Erich kraulte Lia gerne das Nackenfell. Wenn er von einer Geschäftsreise nach Hause kam, brachte er auch der Katze etwas mit. Ein dekadentes Leckerli, ein hübsches Katzenhalsband, ein Spielzeug, mit dem sie Stunden durch das Haus toben konnte. Vielleicht konnte Lia noch zum fixen Kinderersatz aufsteigen, in ihr keimte diese leise Hoffnung. Sie selbst konnte sich nur für maximal dreißig Minuten mit ihren geschenkten Spielzeugen beschäftigen, dann wurde sie ungeduldig, wollte endlich ihren Orgasmus. Die Hände waren noch immer ihre größte Sicherheit.

Sie überlegte, was sie als Nächstes tun konnte. Wenn die Zeit erst einmal tot war, verging sie nicht mehr. Sie vermoderte, verwitterte, zerfiel in viele kleine Partikel, denen mit Seife nicht beizukommen war. Aus diesem Grund ließ sie sich ein Vollbad ein, gab den Sandelholz- und Vanilleduft bei, den ihre Nase so sehr genoss. Mit der Hand schlug sie Schaumkronen, stellte sich vor, sie sei Pretty Woman und Richard Gere warte im Nebenzimmer auf sie. Richard Gere hatte etwas Väterliches an sich. Als sie die Augen wieder aufschlug, war das Wasser nur noch lauwarm, Trägheit und Stickigkeit und Dumpfheit hatte sich in ihren Lungenflügeln breitgemacht. Was sie an Gedanken zustande brachte, stieg mühsam an die Oberfläche. Die Augäpfel fühlten sich schwer an, rasch schlang sie ein Handtuch um den Oberkörper, sah auf die Handyuhr. Erich hatte wieder eine SMS geschrieben: »Die Arbeit wird mal wieder nicht weniger. Ich freue mich schon auf Montag – dann ist das endlich überstanden! <3« Die Uhr zeigte 13:00, der ganze Nachmittag war noch unverbraucht.

Karin rief an, fragte, ob sie heute Lust auf Kino hätte. In letzter Zeit trafen sie sich öfter, manchmal schloss sich ihnen Patricia an, eine junge Kollegin, die in der neuen Stadt sehr einsam zu sein schien. Erst schützte sie Arbeit vor, wollte nicht gleich das sichere, träge Haus und seine Zeit darin verlassen. Aber der Film klang ansprechend und sie war heute auch noch kein einziges Mal angesprochen worden, höchstens von den Worten auf dem Handy oder dem Pfauchen von Lia. Sie sagte zu.

Für diesen Zweck zog sie sich um, ein taubengraues Kleid, darüber einen schwarzen Mantel mit grauen XXL-Dots und weiten Dreiviertelärmeln. Die Kolleginnen beneideten sie stets um ihre feine Garderobe, sie musste also deren Ansprüche erfüllen. Sie wurde auch um ihren gut verdienenden Mann, das schicke Haus in exquisiter Lage und das neue, teure rote Auto beneidet. Hinter ihrem Rücken sagte man inzwischen, dass sie nur aus reinem Zeitvertreib als Lehrerin arbeitete. Die Zeit verging viel zu langsam, sie legte Lippenstift und Wimperntusche auf, musterte sich prüfend im Spiegel, zog die Augen mit Kajal nach. Setzte sich noch ein paar Minuten an den Küchentisch, wartete, die Uhr tickte, dann fuhr sie los.

Sie parkte ihren Wagen einige Straßen entfernt, wanderte noch ein wenig durch die grauschwarzen Straßen. Es war bereits wärmer als angenommen, der Himmel war scheckig von Haufenwolken, von den Krusten auf Fensterglas ging blendender Eisglanz aus. Das Kino war klein und intim und schlecht besucht. Karin und sie mochten die heimelige Atmosphäre, den zarten Geruch von Popcorn, es gab keine Cola, bloß Kakao, Kaffee oder Apfelsaft. Die Betreiberin backte am Wochenende immer Nussschnecken mit Schokolade und Karamellcreme, die man in einer kleinen Sitzecke verzehren konnte. Karin war schon da, sie trug einen dunkelblauen Mantel, lächelte irgendwo auf ihrem Gesicht. Nicht in den Augen und schon gar nicht um den Mund, am ehesten in ihren verschmierten Brillengläsern. Gewöhnlich sahen die Menschen über sie hinweg, nahmen ihre Präsenz kaum wahr, vergaßen in der nächsten Sekunde schon wieder ihren Anblick. Im Klassenzimmer war das anders, die Kinder duckten sich unter ihren scharfen Worten, keuchten und strampelten die Minuten ab, versuchten unterzugehen. Sie begrüßte Karin mit einem flüchtigen Kuss auf die Wange, der eher die Luft berührte, den Konventionen aber Genüge tat. Bemerkte den bewundernden Blick ihrer Kollegin für ihre elegante Erscheinung, lächelte in sich hinein. Seit einem Jahr verwendete sie endlich Make-up, es betonte das Lächeln ihrer Lippen.

Die Heldin des Films war schön, sie hatte kühles blondes Haar, wie der frisch gewachsene Mais, und einen weichen, schmelzenden Mund. Ihre Figur hatte nichts zu tun als schön und begehrlich und vielversprechend zu sein, das machte ihre Macht aus. Sie erprobte es am Publikum, an ihrer weiblichen Gegenspielerin und vielleicht hatte sie es auch an den Produzenten des Films versucht, und es war nichts an ihr, das ihr nicht gehorchte. Karin hing an der Heldin, am liebsten hätte sie sich wohl die Haut dieser Frau angezogen, doch mit ihrer Figur hätte sie deren Taille und Oberschenkel in Fetzen gerissen, sodass sie wie Lumpen an Karin heruntergehangen wären.

Karin stieg in die U-Bahn ein, während sie selbst zum Auto zurückstakste. Sie verspürte Lust auf eine deftige Jause, stattdessen versuchte sie ihren Hunger für eine Banane zu erwärmen. Vielleicht würde es auch wieder ein fettarmes Joghurt werden. Das Licht des Tages hatte sich verändert, es war weicher geworden. Der Himmel verwandelte sein Grau in ein langsames, immer saugenderes Schwarz, von ihrem Haus aus würde sie die Sterne sehen können. Sie kramte nach den Autoschlüsseln, ihre Hände ertasteten zunächst nur die Geldbörse, das abgeschaltete Mobiltelefon, die Make-up-Dose … »Angelika?!«

Die Stimme klang seltsam vertraut, brachte etwas in ihr zum Vibrieren, Erinnerungsblöcke begannen zu grollen. »Angelika«, die Stimme flüsterte nun ihren Namen wie etwas, das gerade erst wieder an die Oberfläche kommt, nach Jahren des Verschwundenseins. Man entdeckt es wieder, man erinnert sich, man kennt es und wundert sich dann, wie lange man schon ohne es war. Ihre Finger lagen noch immer in der Tasche, spürten das Metall des Schlüssels, das sie gerade zu greifen bekommen hatten, verharrten erstarrt. Die Stimme stand nun hinter ihr, wartete. Vielleicht hoffte sie auf ein Versehen, so wie es ihr vor zwei Jahren passiert war, eine Fata Morgana, die in einer kleinen Sekunde Wirklichkeit wird, bis man entdeckt, dass es nur ein realer Traum war. Vielleicht dachte sie in diesem Moment daran, in ihr Auto zu springen und zu fahren, nach Hause, sich ins Bett zu legen und die Stimme wegzupacken. Es gab schon so viele Kisten, verpackt und beschriftet, die Erinnerungen rumorten darin, manchmal begannen sie zu wanken und zu schaukeln und zu beben, aber sie konnten die eingepackte Masse damit nicht zu Fall bringen. Diese Stimme konnte das schon.

Seine Augen lächelten nicht, nicht einmal der Mund schaffte es zu lächeln. Seine Hände steckten in schwarzen, dünnen Handschuhen, sodass der Unwissende keine Idee von seinen acht Fingern bekam. Das Gesicht zerbarst inzwischen in viele kleine Fältchen, man brachte sie nur noch schwer zu einem Ganzen zusammen. Später kam ihr der Gedanke, dass sie diese Furchen und Runzeln und Krähenfüße gerne mit ihren Fingern erkundet hätte, es wäre interessant zu erfahren, wohin sie sie gebracht hätten. Das Haar war deutlich kürzer und hatte von seinem Blond eingebüßt, inzwischen erinnerte es sie an die Schneeflocken in der Stadt, die sich zu einer grauweißen Masse verbinden und am Morgen noch unberührt die Straßen überziehen.

Er war es. Der Zweifel hätte gerne genuschelt und gemurmelt und gewispert, aber er schaffte es nicht, einen Keim zu setzen. Er war es. Und er erkannte sie. Obwohl die Jahre sie hatten wachsen lassen, auch in ihre Haut kleine Muster gezeichnet hatten und ihre Haare mehr und mehr die Länge und Farbe und Dichte veränderten. Er kannte sie. Er erkannte sie. Er bekannte sich, sie zu kennen. Für einige Momente herrschte zwischen ihnen Stille, noch ein paar Zeitschläge ließen sie weitere Lautlosigkeit zwischen sich verstreichen, nun war es bereits egal. Fünfundzwanzig Jahren Stummheit kann nur noch wenig angetan werden. »Vincent.«

Sie dachte nicht daran zu lächeln, es streifte für keinen Augenblick ihre Gedanken. Ihre Füße machten einen Schritt auf ihn zu, ihre Lippen öffneten sich, zögerten kurz, der Stimmapparat vernetzte sich gerade erst wieder mit ihrer Gehirnmasse. Ihr »Was tust du hier?« vermischte sich mit seinem »Wie geht es dir?«, eigentlich müsste man diese Sätze übereinander schreiben, denn sie verliefen gleichzeitig. Seine Handschuhfinger verschränkten sich, soweit dies bei nur acht Fingern möglich war. Er kräuselte die Nase auf eine Weise, die sie nicht kannte. »Es geht mir gut, nein, ich … Ich weiß nicht, was ich sagen soll … Ich weiß es einfach nicht.« Er löste die Finger wieder, seine Bewegungen waren viel fahriger als früher, vielleicht war über ihre Erinnerung aber inzwischen auch ein Schwamm gewachsen. Zumindest hatte sie in den letzten zwei Jahren alles dafür getan, damit einer wuchs und gedieh und bedeckte.

»Ich weiß es auch nicht … ich will mich mit dir

unterhalten … ja, das will ich.« Verlegenheit belegte den Klang seiner Stimme, er schien ein wenig überrascht, über sich selbst. »Aber nicht jetzt.« Es platzte geradezu aus ihm heraus, beinahe hätte er auch noch auf seine Armbanduhr geblickt. Sie biss sich auf die Unterlippe, er hatte nicht das Recht, ihr das zu sagen. Er bemerkte seinen Fehler, verbesserte die Bedeutung seiner Worte. »Natürlich würde ich gerne sofort mit dir reden, sofort … Ich würde gerne mehr über dich wissen … aber …« Seine Sätze hingen alle unvollendet in der Luft, als wüsste er nicht mehr, wie man sie beendete. Seine Unbeholfenheit rührte sie ein wenig, für einen kleinen Moment war er das große Kind, unfähig, Entscheidungen zu treffen, unfähig, sich zu artikulieren, einfach unfähig. Nun sprang doch ein Lachen aus ihrem Mund, es war nervös. »Hast du morgen Zeit?« »Ja, die habe ich … ja, das dürfte gehen …« Erleichterung erklomm seine Falten, sie hatte einen Vorschlag gemacht, sie konnte nun die Führung übernehmen, nach fünfundzwanzig Jahren. »So um fünfzehn Uhr? Hier in der Nähe gibt es ein nettes Café, das Motiv?« »Ja, das kenne ich … gut … Ich muss jetzt los.« Die Eile zog ihn weg, der Drang, sie noch einmal anzusehen, zog ihn zurück, er stolperte in seiner Schrittfolge.

Sie blieb stehen, schaute ihm nach, ihr Gesicht war eine ruhige Maske, ihre Finger umklammerten den Schlüsselbund, sodass die Knochen und Sehnen hervortraten.

Diesmal nahm sie ein Taxi nach Hause, die Erinnerungen saßen noch zu tief. Häuserfronten zogen vorbei, dunkel und fremd, Menschen lebten dahinter, hatten ihr Leben. Mit der Zeit lichteten sich die Bauten, Felder, bewohnt von hungrigen Krähen, häuften sich. Endlich erreichten sie ihr Haus. Im Sommer lag es in einer grünen und duftenden und summenden Pracht, jetzt war alles noch zu kahl und leer und dornig. Im Birnbaum hingen noch ein paar gefrorene Früchte. Der Kirschbaum, neben dem Schwimmteich war in glatte, dünne Rinde gehüllt, er fror in der nächtlichen Frische. Sie fahndete in ihrem Kopf nach Gedanken, aber es herrschte nur Ebbe, zunächst konnte sie nicht einmal Strandgut ausmachen.

Sie stand in ihrem edlen Vorzimmer, mit den teuren und geschmackvollen und farblosen Bildern und dem schön geschwungenen Mantelhalter und dem dunklen und weichen und dumpfen Teppich und hörte plötzlich ein Kichern. Es war zunächst ganz leise und zaghaft und lächelnd. Doch es wuchs an, gewann an Volumen, zerriss jede Lachsalve, weil schon die nächste kam. Ein Teil von ihr sagte, dass sie es war, die da so lachte. Es schüttelte ihren ganzen Körper, all das Lächeln hüpfte und sprang von ihr, es war nur noch dieses laute Lachen da. Noch mehr Lachen quoll ihr aus dem Mund, bald spritzte es auch aus ihren Augen, der Nase, den Beinen. Das Lachen bedeckte ihre ganze Haut, schmeckte nach Hysterie und Unglauben und Zynismus. Sie setzte sich mitten in ihr schönes Vorzimmer, auf den Teppich, einen Schuh hatte sie noch an, und lachte.

Zuerst war er da gewesen und hatte sie geliebt, dann war er tot gewesen, dann war er wieder da, kurz, und dann war er wieder in ihrem Kopf, um dort noch einmal verschwinden zu müssen. In den letzten zwei Jahren war er sorgsam aus ihrem Kopf entfernt worden. Sie hatte ihn weggepackt, erdolcht, erdrosselt, erhängt, vergiftet, verbrannt, verwesen lassen. Und jetzt war er wieder da. Sie lachte noch immer, dann hörte sie auf.

Sie zog den zweiten Schuh aus, kurz wollte sie vor dem Spiegel stehen bleiben, sich sehen, zog es dann aber vor, gleich in die Küche zu gehen. Sie nahm eine Flasche Rotwein aus dem Kühlschrank, goss sich ein Glas ein. Blickte in das tiefe und satte und blutige Rot. Bedächtig legte sie die Hände um das Glas, um den noch kalten Rotwein anzuwärmen. Das Rot war undurchdringlich, mit einem einzigen Zug leerte sie das Glas.

Statt im Spiegel musterte sie nun im Fenster ihr Antlitz, es war gnädiger, malte weicher. Verschwommener. Halb schloss sie die Lider, sodass ihre Gestalt, ihr Gesicht noch schemenhafter wurde. Sie redete ihrer Hirnmasse zu, dass man im Fenster ein Kind sah. Ein Kind mit keinen Erklärungen, aber vielen Worten. Ein Kind, das bei einem Kuss gerne den Bart an seiner Wange spürte und Zigarettengeschmack mit acht Fingern verband. Am liebsten hätte sie dieses Kind in den Arm genommen und ihm gesagt, dass es hier wohnen konnte. Es brauchte kein Haus, das von einem Tischler erbaut worden war.

Sie legte sich eine der kleinen Tabletten auf die Zunge, spülte sie mit Wasser hinunter. In ihrem Kopf sah sie, wie die Tablette sich spaltete, die Einzelteile ihren Körper in Besitz nahmen. Der Schmerz in der Schulter klang zu einem stillen Pochen ab, die Decke wärmte. Lia maunzte an der Tür, aber sie wollte nicht mehr aus dem Bett, die Füße waren zu schwer. Seit dem Unfall bewahrte sie eine Packung Schlaftabletten im Medizinschrank auf. Erich wusste nichts davon. Sie halfen ihr in den Schlaf zu laufen, manchmal stolperte sie auch in einen Traum. Hin und wieder hatte sich nämlich ein Hauch von Vincent aus den Kisten gestohlen, eine Berührung von ihm, ein Wort, ein Duft, ein Lachen. Dann musste sie ihre Gedanken zum Schweigen bringen und das gelang am besten, wenn ihr Geist davondämmerte. Auch jetzt wurde die Welt um sie wieder schleppend und nebelig und schlich davon.

Sie rannte so schnell, dass ihre Beine den Erdboden nur noch hin und wieder berührten, meistens flogen sie. Ihr Körper schoss förmlich über den reinen, zu Haufen gekämmten Schnee, über blank gewehte Felder, aus denen nackte Halme stachen. Manchmal sah sie rote Lilien, sie machten sich wunderschön auf dem weißen Grund. Wie kleine, unschuldige Blutflecken. Ihre Verfolger durften sie nicht einholen, anfangs waren sie ihr auf den Fersen geklebt, hatten sie ins Fleisch gebissen, doch sie war schneller. Karin war besonders schnell gewesen, mit ihrem halben Lächeln. Sie hatte die Hand des Vaters gehalten und ihn hinterhergezerrt. Der Vater hatte die Mutter aufgehalten. Hatte Karin aufgehalten. Die Mutter. Aber sie war schneller. Nun rannte sie an einem grauen, verwitterten Lattenzaun entlang, er stand da, mitten in der Wildnis. Dahinter standen einige Lilien. Eigentlich hätten sie duften müssen. Sie wollte eine der Blumen pflücken, aber sie musste weiterrennen. Aus den Augenwinkeln sah sie gelocktes blondes Haar und rote leuchtende Backen. Sie blieb stehen, abrupt blieb sie stehen. Starrte zu Elise hinüber, die die Lilien abpflückte.

Am nächsten Morgen wurde sie von ihrem Handy geweckt. Erich schrieb: »Nicht einmal mehr vierundzwanzig Stunden, dann darf ich hier raus! Küsse an dich und Lia!« Während sie sich Schlaf aus den Augen rieb, tippte sie: »Küsse und Grüße zurück. Halte durch ;-)« Sie schwang die Beine aus dem Bett, las sich noch einmal Erichs Nachricht durch, dachte an Vincent. Es war ein diesiger Tag, voll zartem, verschwommenem Licht. Die Sonne war zwar schon durch den Dunst gebrochen, kämpfte sich weiter vor, schien aber in ein paar Stunden an Erschöpfung wieder sterben zu müssen.

Sie legte das Handy beiseite. Die Uhr zeigte acht. Bedächtig putzte sie sich die Zähne, kämmte das Haar, aß eine Schüssel Müsli, betrachtete die Cornflakes und getrockneten Erdbeerstückchen in der Milch. Jetzt war es acht Uhr siebenunddreißig. Lia bekam ihre Schüssel mit Katzenfutter, sie begann mit einem Roman, legte ihn wieder weg. Joséphine und ihre Probleme mit Napoleon waren ihr momentan herzlich egal. Sie drehte den Fernseher auf, schaltete ihn wieder ab, las wieder eine Seite, beschloss, dass der Roman zu französisch war. Als Lia vorbeischlich, wünschte sie für einen Moment, sich einen Hund angeschafft zu haben, dann hätte sie ihn jetzt ausführen können. Es war neun Uhr zweiundzwanzig. Alleine verspürte sie keine Lust durch die Einsamkeit zu wandern, die konnte sie auch hier haben. Zwei Schularbeiten wurden bewertet, die Worte genügten ihrem Anspruch nicht, sie malte kleine Strichmännchen an den Seitenrand. Aß einen Keks, Schokolade zerschmolz ihr zwischen den Zähnen, sie ging auf die Toilette, spuckte ihn wieder aus. Erich hätte das nicht sehen dürfen, er beschwerte sich seit einiger Zeit über ihren Körper. Sie ließ alles unberührt. Schließlich begann sie durch das Haus zu wandern, stellte sich vor, noch nie hier gewesen zu sein. Sah die Zimmer mit den Augen einer Fremden, hier lebten Menschen, die schöne Dinge liebten. Die wussten, wie sich ein echter Pashmina-Pulli anfühlte, wie eine Glashütte-Uhr tickte, wie Kaviar schmecken muss. Mit den Fingerspitzen strich sie über den nackten, tönernen Frauenkörper im Badezimmer, den sie Erich vor drei Jahren zu Weihnachten geschenkt hatte. Die Formen waren üppig und imposant und fest, schließlich waren sie gebrannt worden. Roch an den Parfüms und Tiegelchen, die sich auf der Kommode angesammelt hatten. Es war zehn Uhr siebzehn.

Um fünf nach zwölf war ihr Kopf eine Ruine und sie verspürte Lust, ihn unter Wasser zu halten, bis das Gehirn keine Luft mehr brauchte. Die Arme würden dann schlaff an den Seiten herabhängen. Die Beine mussten dann nicht mehr gehen. Sie griff zum Handy, tippte: »Uns geht es gut, sind beide beschäftigt ;-)« Dann rief sie ihre Mutter an.

Fünfmal läutete es, wenn es nach ihr ging, konnte es ewig so weiterläuten. Dann hatte sie wenigstens etwas zu tun, sie würde hier sitzen und warten und dem eintönigen, eine Spur zu schrillen Piepsen zuhören, das aus der Leitung kam. Es läutete zum achten Mal. Sie dachte an ihre Mutter, seit zwei Jahren hatten sie keinen Kontakt mehr. Sie schrieben ihr

Karten, zu Weihnachten und Ostern und zum Geburtstag, sie bedankte sich stets mit einer SMS. Diese SMS hatte immer den gleichen Inhalt: »Danke für die netten Glückwünsche, uns geht es sehr gut. Angelika.« Das »Eure Tochter« sparte sie sich, ihre Eltern wussten ohnehin, dass sie ihr Fleisch und Blut war. Daran mussten sie nicht auch noch erinnert werden. Sie wusste nicht mehr, wie oft es schon geläutet hatte. »Angelika?« Die Stimme der Mutter fuhr durch die Leitung, Verwunderung betonte jeden einzelnen Buchstaben ihres Namens. Sie legte auf.

Der kleine Zeiger kroch dem Einser entgegen. Lange stand sie vor dem Kleiderschrank, blickte hinein. Für ihn wollte sie schön sein. Und unnahbar. Sie wusste nicht, was sie für ihn sein wollte. Was er für sie war. Schließlich schlüpfte sie in eine weiße Bluse von Equipment, der Stoff floss locker ihren Oberkörper hinab. Dazu trug sie eine schwarze, glänzende Hose und Schuhe mit hohen Absätzen. Inzwischen schminkte sie sich für jeden Tag in der Öffentlichkeit, heute musste es etwas Besonderes werden. Zuerst die Grundierung, mit der die Spuren des Alters ausgelöscht wurden, bis nur noch ihre Augen vertraut wirkten, der Rest des Gesichts war eine ruhige und stille und gefasste Maske. Im Anschluss wurde Schicht für Schicht ein neues Gesicht aufgebaut, ein helles Braun in den Vertiefungen, Weiß in die Lidfalten und auf die Wangenknochen, eine dunklere Hautfarbe für die Schatten. Zwei schmale Striche aus dunkelgrauem Eyeliner, die Augen wurden größer und dramatischer. Die Fenster zur Seele. Lippenstift in einem dezenten Rosa und darüber noch eine Spur Lipgloss. Sie versuchte ein Lächeln im Spiegel.

Es war fünf vor zwei. Wie am Tag zuvor saß sie in der Küche, beobachtete die Zeiger der Uhr, wartete. Immer wartete sie.

Ein Taxi brachte sie auch wieder in die Stadt, sie wusste noch nicht, ob sie danach wieder zurückfahren konnte. Sie wusste nichts, was nach diesem Treffen hätte sein können. Plötzlich erstreckte sich da dieser weiße Fleck in ihrem Leben, sie wagte nicht die Hand darauf zu halten, vielleicht verschluckte er sie sonst.

Sie wollte nicht als Erste da sein, aber sie konnte jetzt nicht in der Stadt herumlaufen, weiter darauf warten, dass die Zeit verging. Es entzog sich ihrem Willen. Stattdessen steuerte sie direkt das Café Motiv an.

Ihre Füße bugsierten sie zum Nichtraucherzimmer, sie nickte der Kellnerin kurz zu, lächelte. Alle Tische waren bereits gedeckt, schönes Keramikgeschirr, cremig-weiße Tischdecken, mit winzigen roten Rosen bestickt, Servietten, alle in Rot-Weiß. Sie drehte um, setzte sich an einen der Rauchertische, hoffte, dass sich niemand in ihre Nähe setzen würde, der seinen Rauch auf sie niederblies. Dachte an seine Zigaretten, an den bitteren Geschmack in ihrem Mund. Zog die Luft ein, sie war zu stickig, legte sich schwer in ihren Mund und dampfte nach verbranntem, nassem Holz. Sie packte ihre Tasche, wollte den Tisch wechseln, im Nichtraucherzimmer lag immer ein Hauch von Maiglöckchen in der Luft. Die Kellnerin steuerte auf sie zu, geschäftsmäßig führte sie ein leeres Tablett vor sich her. Sie blieb sitzen, wollte nicht auffallen. Bestellte eine Apfelschorle, dachte, dass sie jetzt gerne einen Rotwein getrunken hätte, sagte der Kellnerin, sie hätte doch lieber ein Soda-Zitron. Lächelte höflich.

Die Uhr über dem Tresen hatte silberne, dicke Uhrzeiger, die am Ende in einer Hand mit fünf Fingern endeten. Der große Zeigefinger zeigte auf zweiundvierzig. Sie wünschte sich ein Buch herbei, sodass sie da nicht so alleine hätte sitzen müssen. Mit einem Buch konnte man beschäftigt und wichtig wirken, man wartete nicht auf jemanden, man hatte zu tun, man war ein Mensch, der einer Aufgabe nachging. Der sich bildete. Der las. Sie war bloß ein Mensch, der wartete, seit inzwischen fünfundvierzig Minuten.

Die Finger der Uhr schlenkerten und lachten über sie, die Zeit verrann zwischen ihren Händen und Augen. Wie konnte er nur? Wie konnte sie nur so lange auf ihn warten? Schon wieder. Noch immer. Wie immer. Er trat ein. Die Magerkeit bedeckte seinen ganzen Körper, die Hakennase beugte sich noch ein wenig weiter nach vor. Als seine breiten Schultern in ihre Richtung schwenkten, breitete sich ihr ganzer Körper aus. Er wuchs und wurde breit und richtete sich.

»Hallo.« Seine Begrüßung lag da, wartete. Sie reichte ihm förmlich die Hand, er beugte sich über den Tisch für einen Wangenkuss. Ihre Hand lag in der Luft, sein Mund erreichte ihr Gesicht nicht. Er fiel auf den Sessel, ihr gegenüber. Streckte kurz seine Glieder, um die Stille fortzuwischen und ein wenig Entspannung in seine Sehnen zu treiben. »Schön, dass du doch noch gekommen bist.« Der Wurf nach vor, in seine Richtung, der Vorwurf kringelte sich auf dem Tisch. Es war der erste, von ihr an ihn. »Es tut mir leid, ich wurde aufgehalten. Ich musste …« Der Satz entglitt ihm, blieb unfertig. Sie nickte, maß ihn, ihre Hände fuhren den Rand ihres Glases nach. Es war leer. Die Kellnerin schwenkte in ihre Richtung.

Nach der Bestellung warteten sie. Auf Worte. Sein Mittelfinger presste sich in das Daumenfleisch, sie legte die Hände auf den Tisch, stellte befriedigt fest, dass sie nicht zitterten. Die Jahre standen zwischen ihnen, sie wollte das Schweigen brechen. Mit einem einzigen Schlag sollte es daliegen und in viele kleine Scherben zerfallen. »Ich komme gerne hierher. Wenn ich in der Stadt bin, oft ist das nicht.«

Er nickte, sah sie an, wartete auf neue Worte, die sie ihm gab. »Ich bin meistens geschäftlich unterwegs. Executive Production Manager, es macht Spaß, wenn ich auch manchmal total geschafft bin von der ganzen Arbeit.« Ihre Hand vollführte einen Kreis, um ihre Geschafftheit zu verdeutlichen. Die neue Beschaffenheit ihres Lebens gefiel ihr. Sie fuhr weiter fort: »Vor einer Woche war ich in der Schweiz, vor zwei Wochen in Deutschland. Die letzten Tage habe ich mir frei genommen, mein Chef meinte, ich solle mal ausspannen. Mein Arbeitspensum würde mich noch erdrücken, aber ich will eine Beförderung – verstehst du?« Er nickte wieder, sah sie aus großen Augen an, sie suchte nach der Bewunderung. Gefiel sich. »Manchmal komme ich erst um Mitternacht nach Hause, dann ist alles so still um mich, nur in meinem Kopf rattern noch die Zahlen.« Die Zunge lag so locker in ihrem Mund, schnitt Worte zurecht, ließ sie laufen und fliegen.

Die Kellnerin kam, da musste die Zunge stehen bleiben, die Worte stauten sich, schnitten ein wenig in das zarte rosa Fleisch. Eine dampfende Tasse Kaffee für sie, eine Cola für ihn. Die Zunge verbrannte sich an der schwarzen, bitteren Flüssigkeit. Erlahmte.

»Und was machst du so neben der Arbeit?« Sein Kiefer hätte die Frage beinahe zermahlen, anscheinend zu unsicher über jeden Buchstaben. Sein Blick fixierte den kleinen Leberfleck, der sich an ihre Schläfe gesetzt hatte. Erst seit Kurzem war er da, manchmal so unscheinbar, als wäre er schon immer dagewesen. Sie wollte in seine Augen sehen, fand sie nicht. »Ich besitze seit Jahren ein Haus am Stadtrand. Es erfordert mehr Arbeit, als ich leisten kann. Der Garten ist zu groß, vielleicht lasse ich mir nächstes Jahr einen Schwimmteich anlegen. Ich mache gerne Sport, gehe laufen, sooft es die Arbeit erlaubt. Ich ...« Die Frage nach einem Partner lag im Raum – begleitete jemand ihr Leben? Die Stille stand nur kurz da, sie wurde erneut fortgewischt. »Du bist ja eine viel beschäftigte Frau.« Seine Feststellung entfaltete sich in all ihrer Banalität, zeigte bloß, dass er ihr in den letzten Minuten gedanklich gefolgt war. »Ja, das bin ich.« Eine Frau. Da gab er ihr mehr Worte, zaghaft streckten sie sich in die Vergangenheit. »Es war ja absehbar, dass du es weit bringen würdest. Schon damals warst du stark ...« Noch immer stellte er keinen Bezug zu seinem Ich in ihrem Leben dar, hielt seine Existenz dabei möglichst bedeckt und verschwommen und irrelevant. Er schmunzelte, sie wollte ihm die Mundregung aus dem Gesicht reißen. »Du wusstest, was du wolltest ... Du ...« In ihrem Kopf rumorte etwas. »Du hast geraucht, du bist aus dem Haus geschlichen. Du warst so klug, hast so fleißig für die Schule gelernt, ich war immer ganz verblüfft, was du alles an Wissen hattest. Und sobald du aus dem Haus gegangen bist, hast du dir immer den Bund deines Rockes in der Hüfte umgekrempelt, sodass man das Oberschenkelfleisch sah.« Sie starrte. Ohne Lächeln. Ohne Lächeln starrte sie seine Worte an.

»Ich war noch ein Kind. Ich war nicht stark. Ich war gerade einmal zwölf.« Ihre Feststellung donnerte auf die Tischplatte, legte sich fest um seinen Hals. Nervös nahm er einen Schluck von seiner Cola, sein Adamsapfel hüpfte nervös auf und ab. Das hatte er früher nie getan, sie verabscheute Männer mit hüpfenden Adamsäpfeln. Vielleicht sollte sie ihn ihm herausreißen? – dann musste sie nicht mehr so gebannt darauf starren. »Aber du warst doch schon so erwachsen, mehr Frau als Kind. Ich habe dich oft bewundert, wie sicher du dir unseres Wirs warst.« Sie wünschte sich ein grelles und höhnisches und trauriges Lachen herbei, das ihn davonschwappte. Sie hatte doch unbedingt an dieses Wir glauben wollen. Glauben müssen. Obwohl es immer nur ein verstohlenes und verschwiegenes und verborgenes Wir gewesen war. »Ich wollte doch nur eine starke Schulter, jemanden, der mir zuhört, mit mir spricht … Ich war ein verlorenes Kind. Du warst der Erwachsene.« Ihre Zunge wollte noch mehr hervorspucken, doch das Hirn weigerte sich weiterzudenken, es wollte bloß eine graue und starre und gedankenlose Masse bleiben. »Du machst es dir einfach.« Seine Hände fuhren nervös das Tischdeckenmuster nach, sie bemerkte, dass er sein rechtes Augenlid alle fünf Sekunden zusammenkniff. Es war ihr nicht vertraut. »Ich wollte das doch nicht. Aber du warst da, du hast mich nicht in Ruhe gelassen, ich war in diesem Dorf so einsam. Und du warst da.« Die letzten Worte richtete er klar an ihre Augen, die seltsam vertraut schmeckende Selbstsicherheit flackerte auf. Die Kleinheit zitterte wieder in ihr, schwankte hin und her, sie wollte sich in das Schweigen zurückziehen. Die Worte mussten vom Tisch genommen werden, sie würde sie polieren und dann in Kisten packen. Die Kisten mit den Worten würde sie in den Keller bringen, darauf würde sie Erichs Weinflaschen lagern und sie in Vergessen hüllen. Aber Vincent wusste noch nichts von diesen Kisten, er wusste nichts. Ungeschliffen saß er da und redete weiter und weiter und weiter. Er redete von ihr und ihrer Weiblichkeit und sich und seiner Einsamkeit und ihrem Lachen und seinen damaligen Schuldgefühlen und seinem Nichtwollen und ihrem Badeanzug und seiner Hilflosigkeit.

Ein junges Paar setzte sich an den Nebentisch, das Mädchen hatte lackschwarzes Haar und ein rosarotes Gesicht, das sie mit Puder heller färbte. Sie hielt ihrem Freund ein Buch vor die Nase, in der ein kleiner silberner Ring steckte. Seine Augen streiften über das Buch hinweg zu Vincent, blieben an seinen fahrigen, schroffen Bewegungen und seiner immer lauter werdenden Stimme hängen. Auch das Mädchen schaute nun zu ihnen herüber, ihre Ohren wollten die fremden Sätze aufklauben, sich am Schicksal anderer amüsieren und sich interessieren und fantasieren.

»Sprich bitte leiser. Wir werden uns wohl wie Erwachsene zu unterhalten wissen.« Ihre Stimme fuhr in seine Sätze, machte sie klein. Die Blicke und Ohren des Paares hatten sie aus ihrer Wortlosigkeit erwachen lassen, sie schämte sich, in das Blickfeld von Fremden gefallen zu sein. Ihre Zurechtweisung verklebte ihm den Mund. »Vincent«, ihre Stimme stülpte sich über ihn, sie wollte, dass er merkte, fühlte und wusste, dass sie nun eine Frau war. Damals war sie noch keine gewesen. »Ich war erst zwölf Jahre alt, ich war bedürftig nach Liebe … ich brauchte jemanden!« Sie wollte ihre damalige Situation in Worte packen, einen Satz hübsch hinter den anderen reihen, Sinn schaffen. Er sah sie an, seine Finger bohrten sich wieder in das Daumenfleisch, die Falten um seine Augen tanzten. »Du hast mich geküsst. Du bist damals zu mir geschwommen und hast dich zu mir gelegt. Du hast mir die Hand gegeben.«

»Ich wusste nicht, was ich tue.« »Das ist eine Lüge. Du wusstest es die ganze Zeit, du wolltest es! Immer wieder habe ich versucht es zu beenden … aber du …« »Du hättest konsequenter sein müssen! Du hättest Grenzen ziehen müssen!« »Das wollte ich! Ich habe versucht, mich von dir abzulenken, habe mich beschworen, habe mir gesagt, dass es nicht richtig ist.« »Du hast es nicht richtig versucht … nicht genug!« »Du machst es dir erstaunlich einfach! Du wolltest es, genauso wie ich. Du wolltest es genauso.« »Ich wollte deine Worte und deine Liebe, ich hatte ja keine Ahnung. Du warst mein erster Kuss, mein erster Mann! Sicherlich wollte ich nicht das …« Dieses »das« verlor sich zwischen ihnen, wurde nicht näher besprochen. Es sollte das Unverständnis eines Mädchens gegenüber den Händen und Lippen und Bedürfnissen eines Mannes beschreiben. Er sollte durch dieses »das« verstehen, welche Schwierigkeiten ihr für das kleine, unschuldige Unverständnis ins Leben gelegt worden waren. »Du wolltest es, genauso wie ich.« Seine Meinung stand fest, er war nicht bereit, sich wieder und wieder und nun noch einmal als der Täter markieren zu lassen. Nicht von ihr. Nicht von ihr, da sie der einzige Mensch war, der um die Wahrheit wissen sollte. »Du hättest nur einmal ein Wort sagen müssen, Angelika. Hättest sagen müssen: ›Ich will das nicht‹ oder ›Nein‹ – ich habe dich zu nichts gezwungen! Das haben nur die anderen behauptet!« Das Drängeln der Wörter aus ihrem Mund verstummte, plötzlich wollte sie ihn nicht mehr in Schuld waschen. Er tat ihr leid, wie er sich da in seine Unschuld schlang, sie davon überzeugen wollte. Seine Worte begannen gerade in seinem Mund zu wachsen: »Hättest du es mir nur gesagt, ich wäre schon aus deinem Leben verschwunden.« Seine rechte Hand fuhr in die Hosentasche, fischte eine Zigarette heraus, angelte nach einem Feuerzeug. Der Tabak hing in seinem Mundwinkel, brannte dahin. Gierig sog er den Rauch ein, ließ ihn tief in seine Lungen gleiten. »Aber so … Ich habe lange gebraucht, um dich zu verstehen, Angelika. Doch du hättest es mir sagen können, dass es zu viel war für dich. Du hättest mich, uns, nicht verraten müssen. Inzwischen habe ich dir aber vergeben.« Der Rauch umwölkte seinen Kopf, er setzte sich in seine Ohren, in seine Augenbrauen und Zähne.

Sie blickte in sein dünnes, verrauchtes Lächeln, spähte verblüfft auf die vorgesetzten, sinnverlorenen Sätze. Vorsichtig stupste sie seine Vergebung an, kichernd pendelte ihr sein Freispruch vor der Nase. Da schlug sie mit der Faust hinein: »Du willst mir vergeben? Was? Wozu? Du hast mir nichts …« Ihre Stimme bäumte sich auf, zerfetzte die sie umhüllenden Rauchschwaden, um ihm direkt in die Kehle zu springen. »Ich vergebe dir den Verrat. Die Zeit, die ich im Gefängnis verbracht habe, als Kinderschänder. Weißt du eigentlich, wie sie einen behandeln, der sich an einem Kind vergriffen haben soll?« Sein Mund versuchte Erinnerungen aus dieser Zeit nachzuzeichnen, stattdessen fielen nur Tröpfchen heraus. »Welchen Verrat?« Diese beiden Worte platzten heraus, kugelten zwischen Kaffee und Cola hin und her, um nicht in seinem Speichel zu landen. »Du hast es ihnen doch gesagt, oder? Du bist doch zu deinen Eltern gegangen und hast es ihnen gesagt?« Unsicherheit hallte leise in seinen Worten nach, fast schon tonlos. Noch war er nicht bereit aufzugeben, was ihn jahrelang begleitet und getrieben und überzeugt hatte. Doch das sanfte Schütteln ihres Kopfes, gepaart mit einem »Nein«, ließ die Überzeugung zerfallen. Schale um Schale schmolz sie dahin, ließ Nacktheit über.

»Ich bin gerade in der Klasse gesessen, Mathestunde. Am Tag davor hatten wir das erste Mal … wir hatten … du hast zum ersten Mal mit mir geschlafen. Ich war schlecht vorbereitet auf den Matheunterricht. Elise war seit der zweiten Stunde verschwunden, ich vermisste sie, obwohl sie sich an diesem Tag sehr seltsam benommen hatte. Und da kam der Direktor herein. Alle waren wohl froh über diese Unterbrechung und er hat mich angesehen und gemeint, ich solle mit ihm mitkommen. Das kam sehr selten vor. Man musste schon etwas angestellt haben, aber ich war mir meiner Unschuld sicher. Im Direktorenzimmer saßen meine Eltern, mein Vater schaffte es nicht, mich anzusehen und meine Mutter …« Sie konnte ihm unmöglich das eingebrochene Lächeln der Mutter beschreiben, die weißen Knöchel, die aus den verschränkten Fingern hervortraten und die verhärteten

Augen. »Im ersten Moment habe ich es nicht verstanden und im zweiten Moment war ich mir sicher, dass sie es nicht wissen konnten. Woher auch? Dann hat der Direktor angefangen zu reden, über Kindlichkeit und die Verantwortung der Erwachsenen, über das Zur-Frau-Werden und die Verlorenheit in der Pubertät und die Schwierigkeit, zwischen falschen und richtigen Handlungen zu unterscheiden. Irgendwann während seiner Ansprache war mir klar, dass sie es wussten.«

Sie sah ihn an, ganz ruhig und gelassen und still. Wie oft hatte sie diese Situation erlebt. Wieder. Und wieder. Und wieder. Hatte sich ein anderes Ende ausgemalt. Immer wieder. Am Anfang hatte sie Vincent mit Öl in das Bild gemalt, er war hereingestürmt, hatte sie auf seine starken, breiten Schultern gehievt und hinausgetragen. Fort. Später konnte sie ihn nur noch mit Wasserfarben hineinpinseln. Noch später hatte sie zum Bleistift gegriffen, war aus dem Fenster gesprungen und von den Worten und Blicken und Eltern weggerannt. Und noch viel später fügte sie mit Filzstiften kleine Sprechblasen zu den Mündern der Eltern hinzu. Der Vater sagte, mit gelber Farbe geschrieben: »Ist doch nicht so schlimm, mein Kind.« Die Mutter zirpte in blauen, verschlungenen Buchstaben: »Er ist schuld, es wird schon Gras über die Sache wachsen. Ich stehe hinter dir.«

»Aber woher? Woher wussten sie es dann?«

»Kannst du dich noch an meine Freundin Elise erinnern?« Sein Gesicht blieb noch für eine kleine Sekunde ohne Bewegung, dann senkte sich die Hakennase wieder ein Stück tiefer. Der Mund zerrann, während die Falten ihren beständigen Tanz aufgaben und ruhten. »Sie hat uns gesehen, vielleicht ahnte sie auch bereits etwas. Ich habe sie nie darauf angesprochen. Angeblich wollte sie lediglich zum Badeteich, da sie dort etwas vergessen hatte, und dann muss sie das Auto entdeckt haben. Und uns darin. Haben sie dir das nie gesagt?« Er schüttelte den Kopf, ein Teil seiner Welt war gerade zusammengebrochen. Seine Überzeugungen waren so stark gewesen, jetzt konnte er nur noch ihren bittervertrauten Nachgeschmack auf der Zunge erfühlen. Er spürte seine Verletztheit von damals wieder, dass sie ihn verraten hatte, seine Schuldigkeit, die sie ihm zusagten, zuprügelten, zuspuckten.

»Plötzlich stand die Polizei vor meiner Tür, stellte Fragen. Ich war so sicher, war so sicher, dass du uns verraten hast, leugnen schien keinen Zweck zu haben. Etwas in mir verstand dich sogar, es war ja nie richtig gewesen. Nicht einmal auf meinen Anwalt habe ich gehört, habe der Richterin zu Beginn bereits meine Schuld erklärt.« Seine Schuld, die ihm erst mit der Zeit bitter geworden war, die er später nicht nur in sich fand. Die Schuld hatte ihn in ihren Schoß gebettet und nicht mehr losgelassen, stattdessen war er immer wieder in ihre widerwärtige, schlüpfrige Wärme hineingezogen worden. Im Gefängnis. Und danach. Und noch immer. Und schon wieder.

»Wenn ich das gewusst hätte …« Sie antwortete nicht darauf, malte sich nicht weiter aus, wie es dann geworden wäre. Vermutlich hätte es einen langen Prozess gegeben, vielleicht hätten ihr die Eltern dann keine Lügen über seinen Tod erzählen können. Sie fühlte sich müde, der Dreck der Vergangenheit schimmerte unter ihren perlmuttfarbenen Nägeln hervor.

Die Kellnerin trat an ihren Tisch, ihr Blick huschte über Vincent. Dann über sie. Vielleicht dachte sie, dass sich hier Vater und Tochter auf einen Kaffee trafen. Mit emsigen Bewegungen räumte sie die leere Kaffeetasse ab, fragte, ob sie noch etwas bringen sollte. Mit der Bestellung für ein Wasser und einen Kuchen verließ sie den Tisch.

Ein Themenwechsel war angebracht, etwas in ihr wollte das Gespräch in eine andere Richtung lenken. Sie drehte sich im Kreis, suchte nach unverfänglichen Themen, kein Angebot schien tatsächlich zu passen. Er war nicht Erich, konnte keine gepflegten, spielerischen, von Geist beträufelten Wortkomplexe hervorzaubern – seine Worte waren fest zusammengezimmerte Konstruktionen, die in eine eindeutige, greifbare Richtung führten. Er war nicht Karin, konnte keine züngelnden, salzigen, unter die

Haut treffenden Kleinwortgruppierungen abfeuern – seine Wortaussprüche stampften breitbeinig auf ihr Ziel zu. Er war nicht einer ihrer Schüler, würde keine leistungsfokussierten, dem Standard hinterherhinkenden, disziplinierenden Wortzischereien akzeptieren – seine Vergangenheitswörter sahen dazu in ihr noch immer das Kind.

»Und danach? Wie sieht denn dein jetziges Leben aus?« Sie lächelte aufmunternd, diese Lippenbewegung funktionierte auch bei Eltern, die ihre Kinder gerade auf das Blatt »Versager« geschrieben hatten. »Danach? Hm …« Seine Gedanken suchten nach »danach«, stießen in die Jahre, fanden ein großes Nichts. »Ich weiß gar nicht, wann danach anfängt.« Seine Augen suchten weiterhin nach einer Antwort. »Da war das Gefängnis. Als ich wieder draußen war, stand ich ziemlich alleine da. Ein Exsträfling hat wenig Chancen im Leben. Einmal hatte ich einen guten Job, so eine exklusive Geschichte. Feinst designte Möbel, ein Batzen Geld, aber dann hat der Chef rausgefunden, dass ich schon mal gesessen bin, und als er dann auch noch den Grund erfuhr … wer kann es ihm schon verübeln? Er hatte ein kleines Mädchen, das war gerade einmal elf.« Der Gedanke daran brachte etwas in ihm zum Lächeln, eine bittere Note klang aber in seinen Lachfalten nach. »Ich war ziemlich viel unterwegs … mal hier, mal da … hatte verschiedene Dinge am Laufen.«

»Einmal wollte ich mit dir Kontakt aufnehmen, ich war neugierig, wollte dich sehen.« Die Erinnerung daran lag ganz still und ruhig und starr vor ihm, trieb auf der Oberfläche. Bei seinen nächsten Worten zerfloss sie wieder, teilte sich auf und vermischte sich mit dem Rest. »Es war drei Jahre, nachdem ich aus dem Knast entlassen worden war. Bin mit dem Bus gefahren, die letzten Kilometer bin ich zu Fuß gegangen. Wollte nicht, dass mich jemand sieht, mich erkennt.« Er erinnerte sich an die Hitze des Tages, der Schweiß war ihm von der Oberlippe in den Mund geronnen, die Hautausdünstungen hatten sich mit seinem Speichel vermischt, der Geschmack hatte sich noch lange in seiner Mundhöhle wiedergefunden. »Nur ein paar Menschen haben mich gesehen, bei jedem dachte ich: »Gleich wird er mit dem Finger auf mich zeigen und schreien. Es war schrecklich.« Die Schuld und die Schande und die Schmach waren an ihm geklebt, er war sicher, dass jeder sie schon von Weitem roch und schmeckte und hörte. »Als ich dann vor eurem Haus stand, wusste ich nicht weiter … Ich hatte nicht weiter gedacht.« Eine hilflose Grimasse grub sich in sein gegerbtes Gesicht, sie lächelte, mehr innerlich als äußerlich. Das Lächeln zeigte Nachsicht, sie sah nun einen Mann, der erst weit nach den eigenen Gedankengängen mit seinen Plänen begann. »Erst habe ich mich vor eurem Haus herumgedrückt, aber dann ist ein Auto die Straße entlanggefahren, da bin ich davon.«

Sie stellte sich vor, wie er da auf einmal wieder in ihrem Leben gestanden wäre. Damals musste sie siebzehn gewesen sein, noch ein Jahr von der Freiheit entfernt. Der Mann, der er damals wohl gewesen war, ließ sich nicht finden. Stattdessen stand da der faltige, daumenfleischdrückende Vincent, seine Falten zersprangen, als er ihrem jungen Ich die Hand reichte. Ihre dunklen, langen Haare verlachten seine schneebedeckten Strähnen, ihr roter Mund verschmähte seinen Kuss. Ihre Lippen teilten ihm mit, dass sie nicht mehr für ihn da waren, sie eigneten sich nur für das Schweigen.

»Und jetzt?« Eine seltene Regung wollte sich gerade in ihr heraufschlängeln, sie zischelte etwas von schlechtem Gewissen. »Vor sieben Jahren habe ich Magdalena kennengelernt, das hat alles verändert. Ich habe jetzt einen Job als Hausmeister, eine Wohnung.« Seine Hände ruhten ganz still und gelassen und entspannt ineinander, das Daumenfleisch lag frei. Es behagte ihr nicht, sein Glücklichsein biss ihrem schlechten Gewissen den Hals ab. Das herausfließende Blut flüsterte boshafte Dinge über ihr eigenes Leben, sie wischte den Lebenssaft ärgerlich von sich fort. »Wie alt ist sie denn?« Diese Frage sollte ihm die Haut abkratzen, aber sie fand keinen Kratzer, keine alte Wunde riss auf. »Magdalena ist vor drei Monaten siebenundfünfzig Jahre alt geworden. Sie hat Brustkrebs.«

Augenblicklich war das schlechte Gewissen wieder da, mischte sich mit niederer Befriedigung. Es gab kein Lächeln, das diese Aussage hätte angemessen erwidern können, aber immerhin war auch sein Leben anstrengend und schwer und belastend. »Deswegen sind wir ja überhaupt in der Stadt. Es gibt hier eine sehr gute Therapie, neben der Chemo. Jede dritte Woche fahren wir hierher. Wir wohnen dann immer in einer kleinen Pension, gar nicht so weit von hier. Magdalena meint immer, dass es schon fast wie Urlaub wäre, wenn die Therapie nicht wäre. Aber wir schaffen das schon!« Das Wir gefiel ihr nicht, bei ihnen hatte es immer nur dieses geheime Wir gegeben, dem man bloß verstohlene Träume andichten durfte. »Wie lange geht das schon so?« Sie war nicht bereit, Bedauern oder Mitleid oder Anteilnahme zu bekunden, er hatte sie dazu gemacht, er hatte damit zu leben. Zumindest für diese paar gestohlenen Stunden. »Nachdem wir drei Jahre zusammen waren, ist der Krebs ausgebrochen, die Therapie hat aber sehr gut angeschlagen, die Brust konnte gerettet werden.« Sie stellte sich schlaffe, faltengezeichnete Brüste vor, die Brustknospen waren schon verwelkt, sie verfaulten von innen. Man sah es ihnen nur nicht an. Immer hatte er ihre kleinen, festen Fettansammlungen geliebt, hatte stundenlang an ihnen herumspielen können. Das konnten ihm Magdalenas Brüste bestimmt nicht geben. »Vor ein paar Monaten war der Krebs zurück, Magdalena am Boden zerstört. Schon beim letzten Mal hat uns Doktor Lahona geholfen, mit ihren Methoden bewältigt Magdalena die Chemo besser.«

Sie versuchte sich Magdalena vorzustellen. Ihre Augen umrandeten keine Krähenfüße, ganze Vogelschwärme hatten sich stattdessen dort niedergelassen. Ihr Fleisch war eine einzige Masse an dünstender Weichheit, die Krankheit hauste in jeder einzelnen Zelle. Ihr welker Mund, bepinselt mit Farbe, hielt seinen Schwanz, umschloss ihn. Bestimmt war sie geschickter und gekonnter und gezielter bei ihren Befriedigungsakten, Magdalena stellte ihre kindlichen Versuche in den Schatten.

»Weiß sie von uns?« Er sollte das Uns akzeptieren, es gab nicht nur sein jetziges Wir, es gab auch das damalige Uns. Bevor Vincent aber das Uns negieren konnte, fuhr sie fort. Sie war nämlich gerade auf der Überholspur, schlich an Magdalena vorbei, pflanzte sich vor ihr auf, überdeckte ihren fahlen, sterbenden Körper. »Mein Mann hat keine Ahnung von dir und mir. Er liebt mich so sehr, ich habe nie einen Grund gefunden, ihm davon zu erzählen.« Das Davon stülpte sich über das Uns, zerriss es in seine Einzelteile, ließ nichts von ihm übrig. »Obwohl er es bestimmt verstanden hätte, er ist Lehrer.

Er versteht Kinder.« »Ja, ich habe Magdalena bereits gleich am Anfang von uns erzählt.« Sie verabscheute und liebte die Leichtigkeit, mit der er das Uns wieder zusammenbaute. Ihren Mann, den Lehrer, kommentierte er nicht. Seine Existenz wurde einfach nicht wahrgenommen. Dabei wollte sie, dass er sich mit ihm maß, dass Erich das faltige Gesicht in den Schmutz drückte. Aber Erich würde hoffentlich nie von dem Uns erfahren. »Magdalena hat eine Tochter, sie musste einfach von dir erfahren. Ich wollte, dass sie entschied, ob ich eine Gefahr für Clarissa sein würde.«

Magdalena hatte eine Tochter. Magdalena hatte Vincent. Magdalena hatte Krebs. Magdalena hatte entscheiden müssen, ob Vincent ihre Tochter angreifen würde. Magdalena hatte Vincent vertraut. »Wie alt ist sie denn? Diese Clarissa?« Seine Finger drückten so tief in das Daumenfleisch, dass die Haut darum ganz weiß wurde. Sie sah, dass sich seine Falten verhärteten, glaubte für einen Moment, dass sich Risse in seiner Haut auftraten. Vielleicht konnte sie ihm mit ihren perlmuttfarbenen Nägeln noch mehr Hautlinien stechen. Das Gesicht am Ende zum Einsturz bringen. Das Daumenfleisch war noch immer weiß.

»Clarissa ist vierzehn.« Ihre Hände kratzten seine Augen aus. Einer seiner Augäpfel lag in der Cola, wurde von der chemischen Flüssigkeit zerfressen. Sie biss sich hart in die Innenseite ihrer Wange, sah ihn regungslos an. Wieder hatte er eine Zigarette zwischen den Fingern, hielt sie an das Feuer. Er rauchte, als wollte er ein Geheimnis verschlucken – es hüpfte zwischen seinem Kehlkopf und seinem Magen hin und her. »Wo ist denn deine Stieftochter jetzt?« Die Tochter drängte sich in seinen Kopf, sollte ihm vor Augen führen, dass er ihr »Daddy« gewesen war. Und Clarissa war seine Stieftochter. »Wir nehmen Clarissa immer mit, sie geht gerne shoppen. Das letzte Mal waren wir beide im Zoo, während Magdalena behandelt wurde.« »Mein Mann meint immer, dass Kinder in diesem Alter möglichst wenig mit ihren Eltern zu tun haben wollen. Glaubst du nicht auch, dass eine Vierzehnjährige zu alt ist für den Zoo?« Und zu jung für dich. Er blies Befremdung und Rauch aus, sie beschloss, dass sie Rauch schon immer gehasst hatte. Es kam keine Antwort, er wusste sie nicht. »Mein Mann, er heißt Erich, kennt sich gut aus mit Kindern. Viel besser als ich. Er ist ja Lehrer. Und er meint, Kinder würden in diesem Alter bloß nach Unabhängigkeit streben.« Sie fischte, jagte und sammelte in ihren Worten nach Tarnungsmöglichkeiten, aber allesamt waren sie zu schlüpfrig, blutig oder schwach. Sie wollte nicht, dass Vincent ihren Argwohn und ihre Eifersucht und ihr Eifern sah. Doch sie machte sich umsonst Sorgen, er war ihr gegenüber blind geworden. Immerhin hatte sie ihm die Augen ausgekratzt.

»Mach dir keine Sorgen um Clarissa. Sie ist ein großes Mädchen, schon mehr Frau als Kind. Manchmal wundere ich mich selbst.« Sein Adamsapfel hüpfte wild umher, sie wollte ihn festhalten oder herausreißen. Er beförderte den glimmenden Zigarettenstummel in den Aschenbecher, dort lagen bereits zwei weitere. »Du musst verstehen, sie hatte es nicht leicht. Ihren Vater kennt sie kaum, der Typ hat sich verabschiedet, als sie gerade einmal fünf Jahre alt war. Nicht einmal Geld schickt der Kerl regelmäßig, Magdalena hatte sehr zu kämpfen. Clarissa hat oft zurückstecken müssen, weil ihre Mutter viel arbeiten musste. Zwei Jahre später haben wir uns dann kennengelernt, sie sind dann bald zu mir gezogen, ich hatte ja schon die Hausmeisterwohnung.«

Sie versuchte sich die vierzehnjährige Clarissa vorzustellen. Ein üppiger Körper ließ seine Formen tanzen, Sinnlichkeit hallte in jeder Bewegung nach. Die Frische des Lebens spürte man unter der Haut schimmern, erfahrene Augen maßen die Objekte. Die Augen passten nicht, sie radierte sie wieder aus, es gelang nicht ganz. Die Augen waren noch immer da, erzählten von der Sehnsucht nach Worten. Der Mund lächelte.

Die Kellnerin streifte sie mit Blicken, wartete auf eine neue Bestellung. Seine Unruhe nahm mit ihrer anschwellenden Stille zu, kreiste um den Tisch herum. Sie waren sich so fremd, sie waren sich so vertraut. Banalitäten, die die Kommunikation zwischen Menschen gerne wachhalten, schafften es hier nicht, sich festzusaugen. Er wollte gerne gehen, wusste sich nicht zu verabschieden. Dachte daran, dass diese Begegnung zu sehr brodelte, zu sehr schon in der Vergangenheit erstarrt war. Sie blickte auf ihr Handy, Erich hatte eine neue Nachricht geschickt.

»Ich muss dann langsam gehen. Magdalena wird sich schon fragen, wo ich bleibe.« Sie nickte mechanisch, seine beiden Frauen warteten schon auf ihn. Vielleicht hatte Lia auch schon Sehnsucht nach ihr beziehungsweise nach der Frau, die ihre Futterschale täglich füllte. Die ironische Bitterkeit stieß ihr auf, sie blies ihm den Geruch ins Gesicht. Sie war zur Frau mit der Katze geworden. »Weiß sie denn, dass du dich mit mir getroffen hast?« Mit mir, dem kleinen Mädchen. »Ich habe gesagt, dass ich eine alte Freundin treffe.« Sie war also alt geworden, er hatte die Jahre nicht übersehen. Die kleine Unschuld hatte sich in der Zeit gestreckt und war darin verloren gegangen. Er hatte sie ihr weggenommen. »Dann lass sie nicht warten, Erich fragt sich wohl auch schon, wo ich bleibe. Vielleicht bekommen wir demnächst ein Kind.« Er lächelte, höflich. Sie hasste ihn dafür, sein Lächeln hatte an Reife gewonnen. Erst jetzt fiel ihr das auf, er wusste nun, wann und wie und warum er den Mund verziehen musste. Früher war es ehrlicher gewesen. Sie nickte der Kellnerin zu, wollte zahlen.

Erst als sie aus dem Café heraustraten, bemerkte sie, dass das Wetter grau war. Die Straße war in ein dunkles Grau getunkt, der Regen hatte den Beton gefärbt, der Dreck war weggespült worden. Der Himmel zeigte dafür ein weißliches Grau, die Wolken mischten sich mit der trostlosen Farbe in einem Einheitsbrei. Auf den Häuserwänden hatte sich das Grau über die eigentliche Farbe gelegt, es gab Orange mit Grau, Blau mit Grau, Gelb mit Grau oder Grau mit Grau. Auch auf die weißen Flecken in ihrem Leben hatte sich nun graue Farbe gelegt.

Sie reichte ihm förmlich die Hand, für einen Wangenkuss kannte sie ihn nicht mehr gut genug. Gerade schlang er sich einen roten Schal um den Hals, seine Hände waren schon wieder im Begriff, sich die nächste Zigarette anzuzünden. »Vielleicht sieht man sich ja mal wieder, ich melde mich, wenn ich das nächste Mal in der Stadt bin.« Zum ersten Mal log er sie an, vielleicht hatte sie aber auch einfach gelernt, seine Unwahrheiten zu lesen. Sie nickte und lächelte und schaute knapp an seinen Augen vorbei, auch sie log.

Er drehte sich um und ging, winkte noch einmal. Sollte dieses Treffen das Ende eines unendlichen Kapitels gewesen sein? Sie hätte mehr erwartet. Sie drehte sich halb um, machte ein paar Schritte, blieb wieder stehen. Machte eine Wendung, folgte ihm.

Wenn man seine Schritte beschreiben wollte, könnte man sagen, dass sie locker und beschwingt und leicht waren. Vielleicht bildete sie sich das auch nur ein und sein Gang war der eines Mannes, der etwas in seinem Leben abhaken konnte. Oder er war einfach nur ein Mann, der auf sein Ziel zuging. Ihr Kopf stellte Überlegungen an, was tun, wenn er sie entdeckte? Alle Antworten schienen beim zweiten Blick in sich zusammenzufallen, aber er war nicht der Mann für einen zweiten Blick. Ihre Mutter tauchte in einem Bild von ihm auf, sie hätte das Gleiche über Vincent gesagt. Sie ärgerte sich ein wenig darüber. Er stellte sich an eine Straßenbahnhaltestelle, zog Rauch ein, stieß das giftige Nichts wieder aus. Sein Fuß klopfte einen nicht hörbaren Rhythmus auf den Asphalt, bestimmt tanzte sein Adamsapfel wieder.

Sie stellte sich in einen Hauseingang, ihre Augen hafteten auf ihm, saugten sich an seiner Gestalt fest. Niemand konnte ihren Blick von ihm trennen, bei dem Versuch hätte es hässliche Geräusche und unschöne Verletzungen gegeben. Die Straßenbahn hielt an, er sprang in den ersten Waggon, im letzten Moment huschte auch sie hinein. Die Türen schlossen sich hinter ihrem Rücken, er hatte sie nicht bemerkt, sie wusste nicht mehr, wann sie sich das letzte Mal so lebendig gefühlt hatte. Vier Stationen später stieg er wieder aus, sie war noch nie in dieser Gegend gewesen. Noch ein paar Straßen weiter, dann verschwand er in einem kleinen Hotel. Unschlüssig blieb sie davor stehen.

Ihr Spiegelbild wurde von der Fensterscheibe zurückgeworfen. Es zeigte eine Frau, die einem Mann aus ihrer Vergangenheit in sein jetziges Leben folgte. Die Frau sah elegant und selbstsicher und vielleicht auch schön aus. Die Frau wusste, dass sie so aussah, aber sie glaubte dem Spiegelbild nicht. Sie öffnete die Tür des Hotels, die Rezeption war gerade unbesetzt, sie läutete. Mit einem Blick auf das Schlüsselbrett sah sie, dass von den sechs Zimmern nur zwei belegt waren. Erst nach einer kleinen Ewigkeit erschien eine Frau mit verschmiertem Lippenstift und gezupften Augenbrauen. »Ich hätte gerne ein Zimmer für zwei Nächte, vielleicht auch für länger.«

Vielleicht wunderte sich die Rezeptionistin, dass jegliches Gepäck fehlte, vielleicht schwebten ihre Gedanken aber gerade woanders, sodass sie es gar nicht bemerkt hatte. Die Treppe, die in die obere Etage führte, war beengend und ein wenig muffig und in einem brennenden Rosa gestrichen. Es störte ihren Sinn für Ästhetik, Erich hätte hier keinen Fuß hereingesetzt. Er liebte stiltreffende, teuerminimalistische Hotels, in denen einem der gute Service auf Schritt und Tritt folgte. Sie lächelte in sich hinein, »Pech gehabt, Erich.« Ihr Zimmer war einfach gehalten, ein Schrank, bemalt mit glühenden Alpenrosen, ein Holzbettgestell, die Tagesdecke in einem züngelnden Karo und ein kleiner Tisch in einer neutralen, nicht passenden Farbe. Sie stellte sich an die Tür, lauschte auf die Geräusche am Gang. Kam jemand?

Vielleicht hatte sich ja die Umgebung hinter ihrem Rücken geändert, aber das Warten lag ihr wie ein vertrauter Bekannter in den Knochen. Es war wie zu Hause. Sie wartete ständig und immer und jeden Tag. Sie wartete auf Erich und eine schlankere Figur und auf den Beginn der Schule und auf das Ende der Schule und auf den Moment, in dem sie sich wieder in ihr Bett legen konnte. Jetzt wartete sie eben auf Vincent, es war eine interessante Auffrischung in ihrem Leben. Ihre Augen glitten über die Maserung der Holztür, das Holz hatte seinen Waldduft verloren. Es hing nur noch in der Angel des Türrahmens, war ein totes Stück, das ein Zimmer verschlossen hielt. Sie fuhr mit den Fingern die Kerben entlang, jede einzelne würde sie in den nächsten Stunden kennenlernen.

Um Mitternacht gab sie das Warten vorerst auf, schrieb Erich noch eine SMS, »Liege im Bett, Lia maunzt nach dir. ild«. Dann schlüpfte sie aus den Kleidern, legte sie ordentlich auf den kleinen, langweiligen Tisch. Stellte sich unter die Dusche, das Wasser prasselte kalt herab. Es knabberte an ihrer Haut, brachte ihr Fleisch dazu, die feinen Härchen ihres Körpers zu einer Gänsehaut zu heben, und sandte kleine elektrische Schläge zu ihrem Gehirn hinauf. Tropfend und nackt schlüpfte sie schließlich in das karierte Farbenmeer des Bettes. Vincent würde heute Nacht wohl nicht mehr das Zimmer verlassen, es reichte, wenn sie am Morgen wieder hinter der Tür auf ihn lauerte. Das Handy piepste, Erich schrieb »Schlaf gut! Hier ist es sehr einsam. ILD«. Unten hörte sie eine Gruppe junger Menschen grölen, ihre Stimmen trieften von angetrunkener Rohheit. Es war schön, nicht die Stille ihres Hauses ertragen zu müssen, sie sehnte sich nach einer ganzen Horde von Menschen unter ihrem Fenster.

Die Sucht nach dem Sehnen übernahm die Führung, trug sie dahin, sie schaffte den Entzug nicht. Sie sehnte sich nach schönen, weichen Worten in ihrem Mund und in ihren Ohren. Nach einem selbst gezimmerten Haus, in dem es drei Katzen und keine Spiegel gab. Überall, in jedem Zimmer, kullerten Laute und Töne und Klänge, sie spielten miteinander Fangen, umfingen sie in ihrer Mitte. Die Sehnsucht lag schwer auf ihrem Bauch, sie hörte den Magen leise knurren.

Über der Sehnsucht musste sie eingeschlafen sein, erwachte erst am nächsten Morgen, Panik wartete in jeder Ecke. Hatte sie Vincent verpasst? War Clarissa schon in der Stadt unterwegs? Wo war Magdalena? Sie lauschte, irgendwo weinte eine Frau, ein Auto parkte vor dem Haus. Sie streifte sich die Bluse über, der Stoff roch nach Veilchen und Schweiß. Es war ihr egal, denn niemand würde heute in ihre Nähe kommen. Auch Make-up, Zähne putzen oder frisieren entfielen, stattdessen hastete sie zur Tür. Blieb vor dem toten Holz stehen, schlüpfte erst dort in ihre Hose. Lauschte nach draußen, warf einen vorsichtigen Blick auf den Gang. Die welke Sonne zeichnete ein paar Kringel auf den Teppichboden, ansonsten war niemand dort. Die Armbanduhr zeigte sieben Uhr an, sie wusste nicht, ob Vincent Langschläfer war.

Um halb acht trat sie leise auf den Gang hinaus, das Adrenalin schoss ihr in das Hirn, in die Brust und in die Beine. Sie fühlte sich lebendig, sie fühlte sich endlich wieder. Wenn Vincent jetzt aus der Tür trat, konnte sie sich nicht verstecken, konnte nicht lügen, konnte sich nur in stilles Schweigen hüllen. Vor jeder Tür blieb sie stehen, lauschte auf Laute, aber wieder einmal war da nur Stille und Lautlosigkeit und Nichts. Frustration vermischte sich mit dem Adrenalin, die Beine wurden wieder leichter. Plötzlich öffnete sich die Tür neben ihrem Zimmer, schwammige Panik klatschte in ihr Gesicht. Ein Mädchen mit taillenlangen kupferbraunen Haaren trat auf den Gang. Sie hielt sich sehr gerade, die Haut war fast weiß, die Adern schimmerten durch. Das Mädchen lächelte höflich in ihre Richtung, die Augen blieben glanzlos. Sie nickte zurück, griff nach der

Türschnalle ihres Zimmers. Merkte, dass ihre Finger zitterten. »Kommt ihr?« Die Stimme war rau, wie ein Flüstern in die Nacht hinaus. Das Mädchen sprach es in das Innere des Zimmers, ihre Augen hafteten immer noch teilnahmslos auf ihr. Sie machte einen Schritt in ihr Zimmer, atmete tief ein und wieder aus und wieder ein. Vernahm ein »Moment, keine Eile!«, bevor sie die Tür hinter sich schloss. Die Stimme hatte zu Vincent gehört.

Sie lehnte sich gegen die Zimmertür, das Ohr klebte am Holz, spürte die tote Materie, in der es noch immer lebte. Ihre Handinnenflächen lagen auf der Türschnalle auf, hafteten, um sich festzuhalten. Es waren Schritte am Gang, eine Stimme, dann die Ausstöße einer zweiten Stimme. Sie vernahm keine Worte, nur Laute. Die Tür verschloss die Buchstabenreihenfolgen zu gut.

Durch das Fensterglas sah sie die Straße, eine halbe Stunde war seit dem Zwischenfall am Gang verstrichen. Autos fuhren vorbei, sie rief in der Schule an, täuschte eine Mandelentzündung vor. Gurrte mit schwerer Stimme. Versuchte Mitleid durch die Leitung zu erzeugen. Das hatte sie noch nie gemacht, sie kam sich unartig und aufregend und ein wenig beschämt vor. Eine alte Dame ging mit ihrem Schäferhund einkaufen. Noch war niemand aus dem Hotel herausgetreten, doch das Warten würde sich schon noch bezahlt machen. Man muss nur lange genug ausharren, dann bekommt man immer etwas. Manchmal ist es ein Ehemann, den man gar nicht wollte. Erich war ihr irgendwann am Tisch einfach gegenübergesessen, hatte geredet und darauf gewartet, dass sie ihn bemerkte. Manchmal ist es ein Kind. Sie wartete gar nicht auf so ein Knäuel im Bauch, aber vielleicht würde es eines Tages beschließen, sich einzunisten, um sie dicker zu machen.

Vincent und das Mädchen und vielleicht auch Magdalena mussten beim Hotelfrühstück sitzen. In ihrem Kopf saß das Mädchen schmal und graziös da, hatte das rechte Bein über das linke geschlagen und darüber die Hände gefaltet. Nur hin und wieder nahm die Kleine einen Schluck Kaffee. Es wunderte sie ein wenig, dass sich ein Hausmeister einen mehrtägigen Aufenthalt in der Stadt überhaupt leisten konnte. Ein Mann, dessen Aufgabe es war, Dreck zu wischen, Schmutz zu entfernen und Abfall außer Sicht- und Geruchsweite zu bringen. Seine kräftigen Hände waren geeignet für eine solche Arbeit. Ihre Mutter hätte ihr zugestimmt. Sie hasste diesen Gedanken, der Magen knurrte schon wieder. Eine kleine Freude in ihr erzählte, dass sie nicht aus diesem Zimmer konnte, um sich Nahrung zu kaufen. Sie musste hungern.

Und dann standen da Vincent und eine Frau auf der Straße, das Mädchen war nicht zu sehen. Wenn sie die Augen zusammenkniff, konnte sie sich für einen kleinen Moment einreden, dies sei ihr Vincent. Ihr Daddy, der zu ihr eilen wollte. Der Mann, der ihr ein Haus aus Holz bauen wollte. Der Mann, der so gut küsste und keine Erklärungen brauchte. Es waren nur Bruchteile einer Sekunde, süße, versteckte Gedankenschlummereien. Dann war er wieder ein alter Mann, dessen Adamsapfel zu sehr hüpfte. Die Frau trug eine Mütze, ihr Körper war von einem grauen Mantel umhüllt. Vielleicht war auch in ihrem Leben alles grau.

Zwei Minuten später waren Schritte am Gang zu hören, sie hatte bereits darauf gewartet. Es waren nur federleichte Bewegungen, die da auf dem hässlichen Teppichboden zu hören waren. Taps, taps, taps. Nebenan wurde eine Tür aufgesperrt, jemand trat ein. Clarissa musste nun im Zimmer neben dem ihren sein. Angelika stellte sich das Mädchen vor, wie es ins anschließende Badezimmer ging. Mit anmutigen Bewegungen schlüpfte sie aus ihrem weißen Baumwollkleid, stand nur noch in BH und Slip auf den kalten Fliesen. Das Licht flackerte, Gänsehaut überzog Hände, Busen und Bauch. Die Fliesen waren moosgrün, wiesen bereits Spuren von Alter und Verfall auf. Sie hörte, wie Tausende kleine Wassertropfen in die Wanne fielen. Der Dunst, der von dem heißen Wasser aufstieg, legte sich auf den Spiegel, ließ nur noch die Schemen des Mädchens erkennen. Nun fielen auch BH und Slip.

Erst nach einer Viertelstunde wurden die Wasserhähne zurückgedreht, alles musste dort inzwischen in Nebel versunken sein. Eine Weile war es still, bestimmt cremte sich das Mädchen nun ein, bekleidete ihren Körper, trug eine Spur Lidschatten und Lippenstift auf. Das Haar klebte feucht an Kopf, Nacken, Schultern, vereinzelt fand sich noch ein Wassertropfen. Und dann wartete sie auf ihn, wartete, dass er zurückkam. Sie las in einem Buch, ohne die Buchstaben zu sehen. Sie hörte Musik, ohne den Klang unter ihre Haut zu lassen. Sie naschte eine Rippe Schokolade, ohne die schwere Süße nachzuschmecken. Sie wusste genau, was Clarissa jetzt tat, was sie dachte und fühlte.

Selbst eine Runde am Zimmer vorbei, bis zum Ende des Ganges, ergab nichts Neues, kein Geräusch drang aus dem Zimmer. Das Licht war nur spärlich, es schien mehr Düsternis als Helligkeit hereinzukommen. Das Muster des Teppichbodens war schon fast grotesk grauenhaft, vielleicht hatte ein blinder Ästhetiker die Farben zu einem Muster verbunden. Mit dem rechten Fuß fuhr sie die Linien nach, lauschte in das Innere der Zimmer. Das heranwachsende Nagen beanstandete, dass Clarissa vielleicht schon gegangen war. Leise und unauffällig und unbemerkt hatte sie vielleicht ihr Zimmer verlassen, war zum Ausgang geschwebt und in die Stadt gegangen. Um sich dort mit ihm zu treffen. Während sie hinter der

Tür gewartet hatte, auf sie! Es wäre dann ein verlorener Tag geworden. Der Zweifel entfaltete sich aus dem Magen, streckte und reckte und verschlang sich in ihr. Es war von Anfang an eine seltsame Missgeburt ihrer Gehirnmasse gewesen. Was dachte sie sich denn nur? Warum war sie ihm gefolgt? Erst jetzt sah sie die entstellten Arme und Beine dieser Idee, das Gesicht war zu einer eigentümlichen Masse verzerrt, aus dem Speichel und Tränenflüssigkeit floss. Und dann kamen Schritte das Stiegenhaus hoch.

Sie konnte nicht mehr in das Zimmer zurück, die abstruse Idee zischelte in ihrem Kopf. Die Schritte kamen näher, Beine, die Stufe für Stufe nahmen. Ihre Füße gingen auf das Licht, das das Fenster verströmte, zu. Gebannt starrte sie hinaus, ihre Augen klammerten sich an einem dunklen Fleck an der gegenüberliegenden Wand fest. Die Schritte standen nun am Anfang des Ganges, sie war am Ende. »Wenn ich nicht blinzle, wird mich niemand erkennen.« Und wenn es nur das Zimmermädchen war? Oder die Rezeptionistin? Oder ein anderer Gast? Ein Lachen fand schon beinahe den Ausgang ihres Mundes, sie schrammte wohl gerade ein wenig am Wahnwitz vorbei. Die Schritte kamen den Gang herunter, sie wollte sich umdrehen, ihnen mit einem Lächeln entgegenblicken. Die Schritte umarmen. Die Schritte blieben stehen, klopften. »Clarissa? Mach auf!« Die Schritte gehörten Vincent.

Es brannte in ihren Augen, sie riss sie noch weiter auf. »Nicht blinzeln«, dann konnte er sie nicht sehen. Ihre Ohren wurden geflutet, es rauschte. Die Tür öffnete sich, sie hörte ein Flüstern. »Nicht umdrehen, bleib so«, drehte sich in ihrem Kopf. Sie widerstand dem Impuls, ihren Körper dem Gang zuzuwenden, immer weiter und weiter und weiter blickte sie aus dem Fenster. Die Tür schloss sich, die Augen schlossen sich. Erst jetzt spürte sie die Angespanntheit in ihrem Körper, jeder einzelne Muskel war verkrampft. Sie drehte sich um.

Schritt für Schritt schlich sie zurück in ihr Zimmer, schloss die Tür. Zur Außenwelt. Mit dem Rücken zum Holz rutschte sie bis auf den Boden hinab, blieb dort eine ganze Weile in sich gekauert sitzen. Die Augen hielten sich geschlossen. Er war jetzt bei ihr.

Die Fantasie in ihrem Kopf spielte mit ihm und ihr. Sie lagen auf dem Bett, Clarissa fuhr mit der Hand langsam die Konturen seines Gesichts nach. Das Mädchen streichelte das scharfe Profil seiner Nase, befühlte seine Haut mit ihrem Mund. Seine Hand lag in ihrem Haar, zerfloss in der kupferfarbenen Masse.

Schnitt.

Er riss ihr das Kleid von den Knochen, presste die weiße Haut an seinen fahlen Körper. Sie umklammerte seine Brust, das Kupfer lag in der Kuhle seiner Schulter.

Schnitt.

Sie zog ihn an sich, küsste seinen Mund. Ihre Zunge spielte, ihre Zähne knabberten an seiner Unterlippe, die Beine umschlossen ihn.

Schnitt.

Sie erhob sich, ging ins Bad, spritzte kaltes Wasser in den Mund und die Augen. Das Handy summte eine Melodie, ohne Eile ging sie zu dem neutralen, unpassenden Tisch, griff danach. Es war Erich, sie sah dem Handy zu, wie es vibrierte und summte. Wartete. Das Handy verstummte. Später würde sie Erich zurückrufen, er sollte sich keine Sorgen machen. Momentan hatte sie aber noch zu tun.

Diesmal dauerte das Warten viel kürzer als angenommen. Anscheinend warteten die beiden nicht auf die Frau, vielleicht musste man mehrere Stunden bei einer solchen Therapie verbringen. Die Schritte auf den Stufen verhallten leise, sie öffnete die Tür. Hielt noch einen kurzen Moment inne, ging leise den Gang bis zu den Treppen hinab. Vorsichtig lugte sie hinunter, ihre Augen fanden niemanden. Die Stufen knarrten und knacksten und knurrten, das Holz stöhnte, egal wie raffiniert man sich darauf bewegte. Auch in der Eingangshalle stand, ging oder saß kein Mensch, also weiter zum Ausgang.

Die leise, inzwischen schon bekannte Panik sprach davon, dass Clarissa und Vincent vielleicht in einer Nebenstraße verschwunden, in einem Café untergetaucht oder in einem Shop verloren gegangen waren. Die einzige Möglichkeit war, auf die Straßenbahnstation zu hoffen. Sie sehnte sich einen Impuls, eine Ahnung oder vielleicht auch eine der berühmt-berüchtigten weiblichen Intuitionen herbei, doch alles, was ihr blieb, war das Glück.

Das Kupfer des Haars leuchtete ihr entgegen, sie blieb auf der anderen Straßenseite stehen, halb abgewandt. Das Mädchen war fast so groß wie er, ein Lachen floss von den Lippen, schwamm bis zu ihrem Ohr. Sie erkannte dieses Lachen, es war ihr eigenes, als sie zwölf gewesen war. Sie hatte es für ihn produziert, nun tat dies Clarissa für ihn. Vincent und die Kleine stiegen ein, sie hastete über die Straße, den Kopf eingezogen. Sprang hinein, die Wangen gerötet, der Magen meldete sich wieder.

Er wollte gefüttert werden, trieb das Hirn und den Mund dazu an, ihm etwas zukommen zu lassen. Ihre Augen malten schwarze Flecken in die Luft, sie verbiss sich in ihnen, klammerte sich mit der anderen Hand an einen der Haltegriffe des Wagens. »Ist alles in Ordnung mit Ihnen?« Ein runzliger Apfel sah ihr entgegen, seine Augen hatten die Farbe von verschmutztem Meer. Sie produzierte ein Lächeln, nickte. Der Apfel sollte verschwinden, sie musste doch die beiden im Blickfeld behalten. Das Mädchen setzte sich auf einen der wenigen Sitze, sagte etwas zu ihm. Doch noch immer sah sie der alte Mann prüfend an, als wollte er wissen, ob sie nicht doch im nächsten Moment zusammenbrechen würde. Er wusste nicht, dass sie dieses Gefühl der Schwäche in den Knochen und Blutkörperchen und Lungenflügeln kannte. Man musste nur lange genug warten, dann verschwand es wieder.

»Mir geht's gut. Danke.« Sie drehte sich ein wenig von den Runzeln weg, setzte Arroganz und Selbstsicherheit auf – sie standen ihr gut. Erst nach einer Minute merkte sie, dass ihre Füße in verhaltenen, stehenden Schritten scharrten. Vincents Hände beschrieben halbe, volle und zerstörte Kreise, seine Worte schienen in Humor getunkt. Clarissas kleiner Mund verzog sich, ihre Hände malten in der Luft, seine Augen hingen an ihr.

An einer der großen, gut besuchten Einkaufsstraßen stiegen der Mann und das Mädchen aus. Sie streifte die Runzeln mit dem verschmutzten Meer noch kurz, dann sprang auch ihr Körper aus der Straßenbahn heraus. Ihre Gedanken hingen für einen Moment bei Magdalena, sie sah die Frau in unbeweglicher Haltung, wie ihre zerfressenen Knochen ergeben abwarteten. Dachte an ihre eigene Mutter, sah Clarissa und Vincent.

Sie schlenderten nebeneinander, das Mädchen hängte sich kurz bei ihm ein, er ließ sie nach ein paar Minuten wieder frei. Die Sonnenstrahlen schafften es bloß, ein verhangenes Grau auf die Gesichter von

Passanten, Geschäftsglas und den Beton der Straße zu malen. Nur die kupferfarbenen Haare wiegten sich als farblicher Kontrast in der Menge, der Wind zog sie in alle Richtungen. In ihrem Kopf hörte sie die zart geschwungenen Sätze von ihm an sie und von ihr an ihn.

Er erzählte dem Mädchen von einem Haus, das er einmal bauen würde. Sie wusste es. Vincent hatte auch ihr dieses Haus versprochen. Nur für sie. Es bestand aus Holz und eingeritzten Versprechen und kräftigen Farben und freien Erklärungen und dünnen, ehrlichen Berührungen. Sie konnte seine Erzählungen noch immer auf der Zunge nachschmecken, sie hinterließen ein helles Aroma. Sie hatte dieses Haus geliebt, war nächtelang darin gewandelt. Sie kannte jeden Raum, die Zimmer hatten sich ständig verändert. Nun würden er und das Mädchen einmal darin wohnen. Er hatte sie aus dem Haus geworfen. Für ein neues Mädchen. Magdalena siechte währenddessen zwischen und in den Holzwänden des Hauses, nur manchmal hörte man ihr Knacksen und Stöhnen. Angelikas innere Augen malten sich selbst in ein lichtdurchflutetes Bad, sie stand in der Wanne und wusch ihre Haut. Es war ihr Haus, niemand durfte es ihr nehmen. Ihr Haar war dunkel und lang, er berührte eine Strähne, war im Begriff, zu ihr zu steigen. Ihre Wimpern flatterten, das Haar hatte plötzlich die Farbe von rotem Metall angenommen.

Ihre Haut schimmerte in magerem Weiß, der Mund war so klein, dass sich die Worte gegenseitig zerbrachen, wenn sie herauskommen wollten. Sie war das kupferfarbene Mädchen, sie war wortarm. Sie liebte Vincent. Sie liebten Vincent. Beide.

Für einen kurzen Moment glaubte sie sich selbst mit Vincent die Straße hinuntergehen zu sehen, sie beide waren in dem Haus. Dann gab es wieder Clarissa, nun wohnte das Mädchen in ihrem Haus, hielt ihn. Sie spürte Müdigkeit, vielleicht war es auch nur Hunger.

Die beiden hielten vor einem Schaufenster, dahinter lagen, standen und hingen Schuhe. Das Sortiment war schon für den Sommer konzipiert, Sandalen mit rotem Lackleder, futuristische, silber schimmernde Plateauboots, Cut-Out Ballerinas. Exquisite Preise. Sie passten an den weiblichen und gut gepflegten Fuß, das Mädchen würde sie so schnell nicht an sich finden. Erst Erich hatte ihr diesen Luxus ermöglicht, sie empfand Lust an dem Gedanken.

Das kupferfarbene Haar lief barfuß durch das Holzhaus, ihre Schritte verschwammen in den von Lärm durchdrängten Räumen. Vincent umfing sie mit den Händen, seine Härte drängte sich gegen ihr nacktes Gesäß. Angelika verdrängte das Bild unter die Oberfläche, nur noch die dunklen Umrisse waren jetzt zu erkennen, in ihrer Nase roch es plötzlich nach verbrannter Leidenschaft. Die Oberfläche schlug kleine Wellen, das Haus und seine Bewohner kamen wieder nach oben. Sie kannte es besser als das Mädchen, es war ihr seit Jahren vertraut. Mit zwölf war sie das erste Mal hineingeschlüpft, war staunend von Zimmer zu Zimmer gegangen, hatte kribbelnde Erregung verspürt, bald würde er es bauen, bald würden sie einziehen. Jetzt errichtete er jede Wand, jede Stufe, jeden Zentimeter des Bodens für die andere.

Ihre Gedanken versteckten sie hinter der großen Wohnzimmertür des Hauses, der Geruch nach Wald hängte sich an ihre Nasenscheidewand, obwohl das Holz schon lange aus der Erde herausgerissen worden war. Sie hörte die leisen Schritte, seinen scharfen Atem, ihre zarten Bewegungen, das kindliche Spiel. In der Hand hielt sie eine geschnitzte Statue aus dunklem, fast schwarzem Holz. Eine große, wogende Brust, geöffnete Beine, umfangende Arme – die Frauenfigur hatte ihr Erich vor ein paar Jahren geschenkt. Nichts in ihrem Kopf fragte sie, warum die Skulptur nun in Vincents Haus stand. Bloß die Schwere dieses Körpers wog in ihren Fingern, das Mädchen und Vincent betraten das Wohnzimmer. Da schrie sie, sprang hervor, schlug zu und schlug und schrie. Da waren auch fremde Schreie und Blut auf weißer Haut und Blut in kupfernem Haar. Alte und junge Arme versuchten sich zu wehren, der Lebenssaft schwamm in ihren Augen, floss heraus. Die

Frauenstatue blutete nun zwischen den Beinen. Er und das Mädchen waren tot.

Clarissa und Vincent gingen weiter, Passanten kreuzten ihren Weg, kein einziges Mal blickten sie sich um. Vincent sprach nicht mehr über das Haus, das Mädchen erzählte ihm eine zarte Begebenheit aus ihrem Kopf. Unschuld schien für den unwissenden Sehenden zwischen ihnen zu liegen, ein älterer Herr und sehr viel jüngeres Blut wanderten durch die Straßen. Niemand wusste, dass die beiden gerade ermordet worden waren, Angelika hätte es am liebsten selbst nicht gewusst. Die Erregung und Freude und Lust daran waren in empfindliche Hüllen an Grauen gepackt worden. Ihre Nerven lagen blank wie freigeschälte Kabel, rote und weiße Drähte.

Plötzlich spürte sie ein Vibrieren in ihrer Tasche, holte das Handy heraus. »Erich?« »Angelika? Ich dachte du unterrichtest gerade, wollte dir nur auf die Mailbox sprechen. Alles in Ordnung?« »Ja, ich … Ich bin gerade auf Exkursion mit den Schülern. Eine Stadtbesichtigung, deswegen ist es so laut. Ist es wichtig? Ich muss jetzt wirklich auflegen …« Sie sah, wie der Mann und das Mädchen in ein kleines Bekleidungsgeschäft verschwanden. Blieb kurz und in der Bewegung steckend und für sie selbst unerwartet stehen, wollte das Telefonat zu Ende führen. »Nein, ich wollte dir nur sagen, dass ich schon morgen nach Hause komme. Anscheinend haben sich sämtliche Leute beim Meeting eine Lebensmittelvergiftung beim Fischessen eingefangen, es ist unmöglich weiterzuarbeiten ...« »Hm ... Du kommst also schon früher?« Die Höflichkeitsfrage nach seinem Befinden kam ihr zu spät auf die Zunge, hastig spuckte sie die Worte aus. »Nein, mich hat es zum Glück nicht erwischt ...« Sie nickte, starrte zu dem Geschäft, setzte ihre Füße wieder in Bewegung. Die Stadt wälzte sich immer weiter in trägen Bewegungen. Erich verabschiedete sich, sie murmelte seinen Gruß zurück, wünschte seinen Arbeitskollegen gute Besserung.

Langsam ging sie auf den Laden zu, blieb ein paar Schritte davor stehen. Unschlüssig. Überlegte, wünschte sich, dass die Entschlossenheit, die sie soeben noch in dem Haus verspürt hatte, wieder in sie zurückkroch. Vorsichtig spähte sie hinein, das Glas war beschlagen, dunstig. Sie machte drei Leute im Inneren aus, trat wieder einen Schritt zurück. Die Wolken über ihr seufzten leise, der Regen kräuselte sich in ihnen.

Er und das Mädchen hatten ihr den Rücken zugedreht, sie hielt ein schwarzes, schlichtes Kleid in der Hand. Bestimmt wirkte es auf der weißen, jungen Haut. Sie stellte sich sein Gesicht vor, die Falten lachten das schwarze Kleid an. Die Nase beugte sich nur ein wenig darüber, die Augäpfel krochen dahin. Sie schlängelten sich unter die Kleidung, hinterließen überall eine glitzernde Schleimspur, die Haut des Mädchens war damit überzogen. Ein weiteres Kleid wurde von der Stange gezogen, es wirkte, als wäre es in den fünfziger Jahren entworfen worden. Es hatte einen Organza-Rock und hauchdünne Spaghettiträger, es war ein leichtsinniges Kleid. Nun verschwand Clarissa mit einer marineblauen Jacke aus Wildseide in einer der Umkleidekabinen. Vincent wartete draußen. Er schlenderte ziellos umher, antwortete auf eine Frage der Verkäuferin, streichelte und strich mit den Händen über Polyesterröcke, ein tomatenfarbenes Top, ein grelles Kleid. Sie verabscheute diese Läden, die Farbenvielfalt war erdrückend, sie ließ einen sich klein und grau und unsichtbar fühlen. Das Mädchen passte in diese wilde Stoff-, Farben- und Möglichkeitenvielfalt.

Clarissa trug das schwarze Kleid, erst vor dem Spiegel schlüpfte sie in die Jacke, schloss die Schnallen und zog das Material glatt. Ihre weiße Hand berührte unwillkürlich das Schlüsselbein, dort, wo eine Perlenkette liegen könnte. Nur ein paar der schmutzig weißen Muschelinhalte wären im Nacken sichtbar, so als wäre das Tragen von Schmuck etwas Alltägliches für sie. Das Mädchen stellte sich auf die Zehen, trug in Gedanken Lederschuhe, schwarze Samthandschuhe und eine große, dramatische Sonnenbrille. Die Handtasche hängte sie sich über den Unterarm, das fiktive Produkt strahlte vollendete Eleganz aus. Clarissa imitierte eine Geste, die sie vielleicht mal in einer Dokumentation über Jackie Kennedy oder Audrey Hepburn gesehen hatte, den einen Arm schräg vor dem Körper, während sie leicht die Fiktion der Handtasche berührte.

Er betrachtete Clarissa dabei, stumm und wortlos und ein bisschen stolz. Ihre kleine Hand umfing seinen Arm, sie machte eine Pirouette, deutete auf die Jacke, posierte für seine Bewunderung. Insgeheim wünschte Angelika sich, die Stimmen der beiden zu hören, der Klang von Worten war immer in Emotion getaucht. Doch im Grunde kannte sie die Worte und Tonfarben der beiden, denn man kann nicht nicht Gefühle vermitteln. Er nickte, vielleicht hatte er gerade zugestimmt, ihr diese Jacke zu kaufen. Das Mädchen warf der Verkäuferin einen kurzen Blick zu, fühlte sich anscheinend unbeobachtet, stellte sich auf die Zehen, gab ihm einen Kuss. Ihr Mund berührte die zerfurchte Wange, erwischte noch ein Stück Oberlippe. Dann verschwand sie in der Umkleide, die Verkäuferin hatte nichts gesehen. Seine Hand glitt zu der geküssten Haut, wischte ihre glänzende Spur ab. Sein Blick wanderte zum Schaufenster.

Rasch machte sie einen Schritt zurück, ging ein paar hastige Schritte von dem Laden weg, wartete auf eine Stimme, die ihren Namen rief. Ihre Haut zitterte, nie und nie und nie konnte sie ihm das erklären. Konnte er ihr das erklären. Konnte er? Sie wartete, keine Stimme kam. Ihr Körper wechselte die Straßenseite, erst dann drehte sie sich wieder um, fokussierte den Laden.

Es dauerte noch ein paar Minuten, bis Vincent und Clarissa herauskamen, das Mädchen hielt eine Tüte in der Hand. Eilig drehte sie sich von ihnen weg, tat so, als wollte sie einen thailändischen Supermarkt betreten. Davor standen Körbe mit unbekannten Früchten, drinnen zerhackten Männer mit gewaltigen Beilen Hühner und Schweinehälften, sie wettete darauf, dass in dem Laden ein leicht metallischer Blutgeruch herrschte. Eine verschrumpelte Dame stand über eine Plastikwanne mit kleinen schwarzen und roten Krebsen gebeugt, die immer und immer wieder hoffnungslose Versuche unternahmen, zu fliehen.

Stiefvater und Stieftochter waren schon weitergegangen, sie beschloss zurückzufahren. Für den Moment war es genug. Es reichte. Im Augenblick. Sie wollte das Mädchen mit ihrer weißen Haut und dem Kupfer nicht mehr sehen. Sie wollte Vincent wieder in seinem Grab wissen, wo seine Knochen von kleinem Getier langsam zerbissen wurden. Immer wieder beschlich sie die Ahnung, dass ihr Vincent und das Mädchen jeden Augenblick begegnen würden, er hatte dabei den roten Wollschal um den Hals geschlungen, sie trug das schwarze Kleid. Da vorne am Zeitungsstand. Oder vor dem Naturhistorischen Museum. Vielleicht warteten sie auch bei der Straßenbahnstation auf sie.

Bevor sie einsteigen konnte, überkam sie eine neue Hungerwelle. Diese rollte aber nicht leise heran, wie die anderen zuvor, der Hunger warf sich einfach über sie. Schwarze Zacken peitschten ihr in die Augen wie ein Gürtel mit einer schweren Metallschnalle. Der Atem kam nur schwer und stoßweise und gallig riechend aus ihrem Mund, sie stolperte zu einem Imbissstand. Der Duft von schwerem, triefendem Fett lag plötzlich in ihrer Nase, ließ den Magen beinahe Säure spucken. Sie beherrschte sich. Beim Anblick der Pizzen verspürte sie Ekel, der Belag aus rotorangen Spritzern und faserigem, milchig weißem Billigkäse, auf dem sich kleine Tümpel aus Fett angesammelt hatten, fand den Weg in ihren Mund nicht. Sie verlangte einen Becher Ayran, der salzige Geschmack verdrängte das andere Aroma. Sorgfältig löffelte sie ihn zum Schluss aus, strich sich am Ende noch mit dem Plastiklöffel die Unterlippe ab, wie eine Mutter, die ihr Baby füttert.

In der Straßenbahn grummelte der Magen nur noch leise ein Lied, sie legte die Hand darauf. Ein Fluss von Masse zog an ihr vorbei, Massen an Häusern, Massen an Menschen und Bäumen und Autos und Massen an Gedanken. Sie alle schwammen in diesem Einheitsbrei dahin, manchmal wollte einer auftauchen, aber sie schaffte es, alle niederzuhalten.

Als sie in das Hotel eintreten wollte, musste sie an ihr Haus denken. An ihr Zuhause. An ihre Bücher. An Lia. An Erich. Sie wollte wieder in diese süßliche Trägheit und zerbrechliche Zufriedenheit und saftige Dekadenz hineinfallen und nie wieder auftauchen. Sie könnte das nächste Taxi nach Hause nehmen, Gepäck hatte sie ohnehin nicht dabeigehabt, das Zimmer war schon bezahlt. Sie könnte sich in die kuscheligen Kamelhaardecken hüllen, Zitronen-Minzsaft trinken und den flaschengrünen, undurchdringlichen Wasserspiegel des Schwimmteichs betrachten. Wenn ein Blatt hineinfiel oder sich kleines Getier auf die Oberfläche setzte, zeichnete das Wasser stets kleine Kreise, die immer größer wurden. Sie wollte dorthin zurück.

Eine Frau saß in einer der Sitznischen des Foyers. Die weiße Haut war mit grauer Farbe unterlegt, wenn man an ihr zog, würde sie sich wie zerbrechender Papyrus auflösen. Ansonsten war die Frau aber schön. Sie zögerte, setzte sich zu ihr, lächelte. Die Frau lächelte zurück. »Wohnen Sie auch hier?« Die Frau nickte, die Finger ihrer linken Hand massierten den rechten knochigen Oberarm. Die Antwort blieb aus, sie musste es noch einmal versuchen. »Ich bin zum ersten Mal hier. Es ist ganz nett, wenn auch ein wenig einsam. Sie sind der erste Gast, den ich treffe.« Daumen und Zeigefinger zogen die schlappe Haut ein wenig vom Knochen, die Farbe verwandelte sich noch mehr in graues Weiß. »Mein Mann und meine Tochter sind mit mir hier, wir kommen öfter. Bleiben ein paar Tage, meist sind wir die einzigen Gäste.« »Sie haben die Stadt wohl recht gern, wenn Sie so oft herkommen. Ich bin geschäftlich hier.« Die Haut fiel zurück in ihre alte Form, man konnte den Abdruck der Finger sehen. Das Blut darunter war krank und welk und unsauber, es rauschte nur noch sehr leise. »Wir machen gerne Urlaub. Die beiden sind wohl gerade unterwegs, ich warte auf sie. Sie kommen bald zurück, dann kann ich sie Ihnen vorstellen.« Angelika sah sich die Worte an, nickte ihnen zu. Dachte an ihre Geschäftsreise, ihren Mann, der gestern Lehrer geworden war, ihre Karriere. Nickte noch einmal zu Magdalenas Worten. »Und Sie sind ganz alleine hiergeblieben?« Die Frau lächelte, ihre Finger fuhren unsichtbare Linien auf der Haut nach. »Manchmal fühle ich mich schrecklich müde. Das Alter und das Wetter machen mir leider sehr zu schaffen.« Ihre Stimme war wunderbar weich, alle Ecken und Kanten und anderen harten Stellen waren schon lange geschliffen worden.

Eine seltsame Regung von Mitleid kam hoch, sie verabschiedete sich, wollte nicht mehr auf Vincent und Clarissa warten. Das sollte Magdalena tun. Langsam schritten ihre Füße die Treppen hinauf, der Teppichboden schien immer hässlicher zu werden. Das Licht war schon wieder oder noch immer fahl, sie sehnte sich nach echter Helligkeit. Morgen würde sie Erich mit einem guten Essen empfangen, sie würden sich endlich wieder lieben. Sie würde ihm von dem Film berichten, den sie mit Karin gemeinsam gesehen hatte. Er schien in einem anderen Leben gespielt zu haben. Vielleicht konnten sie mal gemeinsam ins Theater oder Kino gehen oder einen langen Spaziergang machen oder sich in einer Therme verwöhnen lassen. Sie mussten immer noch gemeinsam im Meer baden, Erichs zurückliegender Geburtstag hatte diese Rechnung noch offengelassen. Langsam, jede Bewegung war anstrengend, sperrte sie die Tür auf. Ließ sich behäbig auf das Bett fallen, nur noch ein paar Minuten in dieser Fremdheit liegen.

Sie spürte das kühle Holz unter ihren Füßen, es roch nach Zeder, Vanille und Mottenkugeln. Die Mischung lullte sie ein, die Füße wackelten vor sich hin, ein wenig von ihnen zerfloss auf dem dunklen Boden. Ein silbernes Teeservice, verziert mit roten Lilien, staubte auf einer Kommode vor sich hin, damit hatte sie in fernen Zeiten gespielt. Sie und ihre Puppen hatten sich damit gegenseitig süßen Tee und bittersüße Vanillekrapfen serviert. Was machte es hier? Es stand in ihrem Haus. Seinem Haus. Dem Haus des Mädchens. Das Wohnzimmer lag drei Stufen tiefer, erst jetzt merkte sie, dass ihre Haut ungeschützt und nackt und frei war. Überall war dieses duftende Holz, die Wände hatten seltsame schwammige Strukturen. Sie hatte Lust, mit ihrem Daumen Löcher hineinzudrücken, aber vielleicht würde er dann böse werden. Sie schwebte, torkelte, bebte weiter zum nächsten Zimmer. Es war schwer und luxuriös und weiblich, passte nicht in das Haus. Diesen Raum kannte sie noch nicht. Alles war ausgekleidet mit rotem Leder, als befände sie sich in einer Gebärmutter. Ein weißer Frauenkörper rekelte sich auf einem Bett, die Decken zeigten Motive von blutroten, verwelkenden Rosen. Sein Körper war in ihren verknotet – auf heller Haut klebten Falten und Runzeln und Alter. Mit seiner vergilbenden Hand winkte er ihr, da schrie sie und schlug mit einer Holzpuppe auf das sich wälzende Paar ein. Die Holzpuppe war einfach da, ihr Körper bestand aus einem unförmigen Klotz, man sah keine Geschlechtsmerkmale. Die Puppe hätte auch ein Mann sein können. Oder eine Frau. Mit dieser Menschenimitation schlug sie auf die beiden Körper ein, schlug, es erzeugte ein hämmerndes und dröhnendes und hartes Geräusch.

Die Zerschlagenheit in ihren Knochen schmerzte beim Augenaufschlag, der ganze Körper fühlte sich ausgelaugt an. Jemand hatte ihr im Schlaf jede Emotion, jeden Blutstropfen, jede Regung abgepumpt – in einem verstrickten Knäuel lagen sie nun auf dem Fußboden, sie hatte nicht gewusst, dass ihre

Emotionen so hässlich aussahen. Das Klopfen war noch immer da, erst jetzt bemerkte sie, dass Geräusche von der Tür kamen. Hinter der Holztür klopfte jemand, wollte jemand herein, zu ihr.

Langsam richtete sie sich auf, das Licht war inzwischen fast vollkommen aus dem Zimmer gewichen. Wenigstens sah man dann nicht ihre abgesaugten Emotionen und Gedärme am Boden liegen, sie rochen widerlich. Das Klopfen ging weiter, dazu mischte sich eine Stimme. Aufgebrachte Worte. Sie machte das Licht an, die Funzel warf einen grauen Schimmer auf das Bett, auf sie. Der blasse Schein reichte nicht bis zur Tür, sie tapste darauf zu.

Sie presste ihren Körper gegen das Holz, spürte die Schläge, die von der anderen Seite auf die Tür fielen. »Mach auf. Angelika, mach auf! Ich weiß, dass du da drin bist.« Die Stirn machte sich gut auf dem früher so lebendigen Material, das Vibrieren der Tür bereitete ihr leise pochende Kopfschmerzen. Aus ihrer Kehle drang ein Stöhnen – Vincent hatte sie entdeckt. Etwas in ihrem Kopf sagte, dass sie die Tür geschlossen halten sollte. Sie konnte sich in dem moosgrünen Bad verstecken, das Wasser prasseln und rauschen und alles übertönen lassen, bis er einfach wieder verschwinden würde. Sie konnte bei der Rezeption anrufen, ihn entfernen lassen, aus ihrem Leben, von der Tür. Sie konnte sich in das Bett legen und wieder in den Traum abgleiten, ihn dorthin mitnehmen. Sie konnte aber auch die Tür öffnen. Plötzlich erstarb das Klopfen, sie wartete, aber nur für wenige Sekunden. Vorsichtig drehte ihre Hand den Schlüssel, die Finger umschlossen mit festem Griff die Türschnalle, drückten sie nach unten, öffneten. Er stand da, starrte sie mit einer Mischung aus Fassungslosigkeit und Wut und Allmächtigkeit an. »Angelika, was machst du hier?«

Hinter ihm stand das Mädchen, sie trug das schwarze Kleid. Mit großen Augen blickten sie einander an. Die Haut leuchtete. Sie dachte an das Blut, das bereits auf dieser Weißheit zerronnen, geronnen, hinabgeronnen war. In ihrem Kopf das Blut. Er begann zu schreien.

Vierter Teil
Zwei Jahre später

Die Sonne schien ihr in die Augen, stimulierte die Gehirnmasse. Sie genoss. Der frühe Vormittag trieb die belebte Ruhe um sie her. Vereinzelt liefen, spazierten oder trotteten Menschen vorbei, alle mit ihren großen und kleinen Leben beschäftigt. Sie lehnte sich zurück, setzte sich die große, verspiegelte Sonnenbrille auf, die ihr Erich geschenkt hatte. Auf diese Weise konnte ihr niemand in die Fenster der Seele blicken. Zwei Studentinnen ließen sich am Tisch neben ihr nieder, die ambitionierten Stimmen schnatterten an ihrem Ohr vorbei. Die Kellnerin stellte eine dampfende Tasse goldenen Ingwertee ab, der scharfe Geruch fuhr ihr in die Nase. Sie fügte mehrere Löffel triefenden Honig hinzu, nahm einen großen ersten Schluck, verbrannte sich die Zunge. Es störte sie nicht. Die Kellnerin balancierte die zweite Bestellung heran, einen herben und üppigen und sündigen Schokoladekuchen. Er lag schwer im Mund, das herrliche Aroma breitete sich aus. Sie kaute, schluckte, kaute, schluckte. Mechanisch. Sie durfte jetzt essen, immer und maßlos und üppig und häufig, ohne wirklich zu schmecken. Erich ermahnte sie in letzter Zeit stets, sich Nahrung zuzuführen – grundlos. Seit der Klumpen in ihrem Bauch wuchs, stopfte sie wahllos in sich hinein. Hunger auf das Leben in ihr.

Sie hoffte, dass es ein Junge werden würde. Auch Erich wünschte sich einen Buben. In seinen Gedanken spukte ein vollendetes und angepasstes und einzigartiges Klischeekind. Sie wusste, dass es ein Mädchen werden würde, aber jede Vorstellung von diesem Kind wurde in einem Keim aus Leere erstickt. Ihre Fantasie verstarb an diesem Kind, wurde zerdrückt und gewürgt und zerbrochen. Sie strich mit den Händen über das wachsende Vakuum, wusste nicht, was sie damit anfangen sollte. Es bedrohte ihre vertraute Zukunft. Es rettete vielleicht ihre Beziehung. Es saß in ihr. In ihrem Bauch hauste ein wachsender und wuchernder und wunder Brocken aus Angst, Übelkeit und Hohlheit. Manchmal empfand sie so, manchmal freute sie sich. Sie nahm einen weiteren Schluck von dem Tee, biss Stücke aus dem Kuchen. Es würde auf die Welt kommen. Gemeinsam mit Blut, Schmerz und Schleim. Sie würde es nach der Geburt lächelnd in den Arm nehmen. Eine glückliche Mutter. Eine Frau, die das neue Glück ihres gesamten Lebens in den Armen hält. Vielleicht auch eine Frau, die sich einen neuen Sinn geboren hat, aber daran dachte sie nicht.

Die beiden Studentinnen standen auf, ließen die dampfende Kaffeekanne halb voll zurück. Tuschelnd machten sie sich auf den Weg zu ihrem Ziel. Angelika blieb ziellos sitzen, sie wusste noch nicht, worauf sie heute warten sollte. Manchmal wartete sie darauf, dass die bestellten Leckereien geliefert wurden. Es kam vor, dass sie eine Bestellung aus dem Internet herbeisehnte. Jeden Mittwoch wollte sie, dass sich der Buchklub, den sie pflichtschuldig besuchte, wieder dem Ende zuneigte. Oft wartete sie auf die Zeit, aber sie gerann ihr zwischen den Fingern, setzte sich immer mehr fest. Eine Kruste auf der Haut. Still und gleichmäßig und unendlich erstreckten sich Minuten, Stunden und Tage vor ihr. Ohne den kleinen Parasiten im Bauch hätten es Jahre werden können. Denn immerhin wandelte sie seit über einem Jahr in dem gleichen Tag umher. Unterschiede fanden sich lediglich in der variierenden Kleidung, verschiedenen Gerichten und ob sie bereits um einundzwanzig Uhr den Schlaf suchte oder auf Erich wartete. Meist schloss sie die Augen.

Am Wochenende war er da. Körperlich, in ihr und um sie, manchmal auch körperlich und geistig. Hin und wieder war es nett, selten schön, häufig zehrte seine Anwesenheit an ihren Nerven. Sie schwollen dann an, vibrierten im Blut, rieben aneinander, wollten in ihre Mundöffnung. Dann schloss sie den Mund, zu einem augenlosen Lächeln. Nichts ändert sich jemals. Jeden Sonntag hatte sie mit ihrem Mann Sex – abwechselnd Löffelchen- oder

Reiterstellung. Manchmal praktizierten sie auch die Missionarsstellung – Abwechslung hält die Beziehung frisch. Er auf ihr, keuchend und schwitzend und männlich. Wenn sie näher hinhörte, konnte sie die Zahlenreihen und Aufträge und Geschäftsreihen vernehmen, die er während seines Orgasmus stöhnte. Sein Wunsch, den Arbeitsgenuss zu verkürzen, hatte unter der letzten Gehaltserhöhung gelitten. Langsam gewann der Realismus die Oberhand. Er wollte und er wusste und er meinte, dass mit dem Kind alles besser werden würde. Sie dachte und glaubte und wusste das nicht.

Dazwischen lagen diese zähen und farblosen und identischen Stunden. Sie legten sich auf ihre Augen, zeigten immer dieselben Gerüche und Gefühle und Bilder. Manchmal dachte sie noch an die Klassenräume, die sie mit Worten und Wissen gefüllt hatte. Das Stimmenmeer, in das sie jeden Vormittag eingetaucht war, in dem sie Wortblasen eingeatmet hatte. Nun rauschte es ohne sie weiter. Wenn sie die Augen schloss und die Ohren öffnete, hörte sie noch leise diese schrillen und flüsternden und fragenden Wellen rauschen, von denen sie einmal ein Teil gewesen war. Vielleicht hätte sie weiter darin schwimmen können, es hatte ihre Lungen gefüllt, gleichzeitig fühlte sie sich beruhigt, dass sie nun langsam vertrocknen durfte. Sie war einmal mit Erich auf dem Fischmarkt in Hamburg gewesen, wo die Hände der Marktweiber von den gelösten Schuppen schillern. Ein Wochenendausflug, damals hatten sie noch eine Affäre, und sie war beinahe – oder zumindest ein wenig – in ihn verliebt gewesen. Sie hatte zugesehen, wie die leuchtenden Farben der Fische sich langsam aufgelöst hatten, sie verdunsteten einfach, ihr Leben löste sich auf. Es störte sie nicht, nun selbst zu zappeln und nach Luft und Worten und Leben in kleinen Happen zu schnappen. Mit der Zeit tritt das Vergessen darüber ein, man sieht sich lediglich interessiert dabei zu. Es war gut, sie war nicht mehr bereit gewesen, selber und weiter zu schwimmen. Nicht danach.

Er brüllte. Seine Worte platzten aus dem Mund. Angst strömte aus seinen Augen. Da stand sie. In diesem Hotelzimmer. In seinem Leben. Vor diesem Mädchen. Hinter seiner Vergangenheit. Er schrie. Sie durfte nicht hier sein. Er schrie. Über ihre Zerstörungswut gegen sein Leben. Er schrie. Sie müsse jetzt und sofort und auf der Stelle aus seinem Leben verschwinden. Sie kannte ihn nicht. Nicht so. Die Haut der Zivilisation, die bei ihrem Gespräch im Café jedes Wort bekleidet hatte, riss immer mehr auf. Mehr und mehr. Nun klafften ihr die Nomen und Verben blutig und ehrlich in den Mund, schlugen zu. »Du hast mich ruiniert! Zerstört! Mir alles genommen … Was willst du noch?« Vincent spuckte ihr Vergangenheit und Wut in Rinnsalen auf die Wangen, die Nase und die Oberlippe.

Dort klebten noch heute Reste, manchmal entdeckte sie einen dieser Flecken, bearbeitete ihn mit der Feile, aber es lösten sich immer nur kleine Fetzen und einzelne Hautpartikel. Unwillkürlich rieb sie sich über die Oberarme, winkte der Kellnerin. »Zahlen, bitte!« Der Großteil seines Speichels hatte sich mit ihrer Haut vermischt, war mit der Konsistenz ihres Ichs vermischt worden. Sie gab großzügiges Trinkgeld, lächelte liebenswert, stand schwerfällig auf. Es gab Momente, in denen sie noch an ihn dachte. Die Erinnerung lag dann schwer auf ihrer Haut. Das beige Kleid, eingefasst in schwarze Spitze, spannte sich schon unmissverständlich über die Kugel, der Klumpen war nicht mehr kaschierbar.

Seine schreienden Hände, seine schlagenden Worte. Beschuldigungen. Vorwürfe. Sie blickte ihn ausdruckslos an, während sich ihre Fingernägel immer tiefer in die Innenseite ihrer Handfläche gruben, gleich drangen sie in ihr Fleisch ein. Noch mehr Beschuldigungen. Mehr. »Du wolltest mich doch ficken!« Ihr Mund explodierte, Worte loderten. Das kupferfarbene Mädchen im Hintergrund, das Mädchen im Vordergrund, das Mädchen zwischen ihnen. Clarissa hatte leise zu weinen angefangen. Das schwarze Kleid leuchtete auf der Haut. Sie verstand und sie wusste. Immer mehr Worte ohne Hemmungen brachen aus ihnen heraus. »Fickst du sie? Wie du mich gefickt hast! Stehst du darauf? Bist du wirklich pervers?« Sein Lachen war getunkt in grelle

Kälte, nahe am Aufheulen. Er hatte sie geschüttelt, sie verrückt und paranoid und unfertig genannt. Sie sollte abschließen, die Vergangenheit wegschließen, endlich neue Türen aufschließen. Die Wimperntusche des Mädchens verflüssigte sich durch das Wasser, das ihr aus den Augen lief. Schwarze Streifen rannen ihr von den Wimpern herab, bildeten eine hässliche Tränenmaske. Clarissa erinnerte sie an eine Totenwächterin, die sie einmal in einer Dokumentation über Afrika gesehen hatte. Ihre Brustwarzen zeichneten sich unter dem edlen und plötzlich unpassenden Kleid ab. Sie empfand den Anblick des Mädchen als schamlos.

Später ärgerte sie sich über diese Empfindung, sie erzählte von ihrem Alter.

Sie schlenderte die kleinen Gassen hinunter, verliebte sich auf ihrem Weg in ein blütenweißes Kleid mit azurblauem Kragen und Gürtel. Es war teuer. Es wurde gekauft. Es würde ihr erst wieder in einigen Monaten passen. Die Kugel passte nicht zu dem Kleid. Es war ein Kleid für danach. Es war kein Kleid für ein junges Mädchen.

Vincent wollte, dass Clarissa den Raum verließ, sie würden sofort das Hotel wechseln. Sie sollte die Koffer packen, die Mutter holen. Bei dem Gedanken an Magdalena musste sie kichern. Vielleicht wäre es einfacher gewesen, wenn er auch ihre Mutter gevögelt hätte? »Du Schwein … du Kinderschänder!« Er wollte antworten, fand keine Antwort. Die Sprache zeigte ihm Grenzen.

Sie starrten sich an, ihre Augen verschränkten sich für einen Moment emotionslos ineinander. Sie sah einen Mann mit einem hüpfenden Adamsapfel, er sprang beinahe heraus. Seine Falten lagen fast noch schwerer im Gesicht als bei ihrem letzten Treffen. Das Mädchen schluckte Tränen. Kupfer und Tränen und harte Brustwarzen. Das Mädchen in ihr weinte auch. Sie schrie sich selbst zu, den Mund zu halten, keine Worte mehr. Es waren genug Worte gewesen. Das plötzliche Schweigen schnitt sich mit den Schreien der letzten Minuten. Ihr fielen ihre erdachten Morde ein, das Blut in ihrem Kopf, auf der weißen Haut. Seine Augen hingen an ihr, hingen an dem Mädchen. In dem Moment war sich Angelika ihres Verdachts sicher. Das Holzhaus brach in sich zusammen, Holzsplitter prasselten in ihren Mund, sie schluckte. Jeder Kuss, jede Reibung von Clarissas und Vincents Körper hatte nicht nur in ihrer Vorstellung stattgefunden.

Sie wandte sich ab. Sie ging. Hinaus.

Hinter sich ihn und das Mädchen.

Hinaus aus allem.

Hinein in das alte Leben.

Aus der Stadt, nahm ein Taxi zu ihrem Haus.

Sie bestellte Essen für Erich, ging duschen, wusch Schmutz ab. Zog sich etwas an. Begrüßte Erich mit einem Kuss, erzählte Erich von ihrem anstrengenden Tag. Tobende Schüler, unwillige Schülerinnen, ignorante Lehrpersonen, dazwischen ihre tolerante Nach-

sicht. Beinahe glaubte sie selbst an diesen Tag, ein paar Monate später hatte sie zu arbeiten aufgehört.

Lia maunzte, als sie nach Hause kam, strich ihr um die Beine. Vielleicht wollte sie Essen, vielleicht wollte sie Liebe. Angelika füllte den Futternapf, legte sich auf das Sofa. Vorsichtig massierte sie die Kugel, spürte nichts, ließ die Arme hinunterbaumeln. Irgendwann schlief sie ein, irgendwann wurde sie wach. Die Beine schmerzten, waren angeschwollen. Es war nicht schön. Sie stand auf, ließ sich ein Bad ein, stellte sich nackt und vorsichtig und schichtenlos vor den großen Wandspiegel. Ihre Augen wanderten auf der Reflexion über ihren Körper, über das Gesicht. Inzwischen zog sich ein zartes Liniennetz durchgehend über ihre Wangen, Lippen, mit feinen Nadeln gezeichnet. Die Brüste waren noch immer fest, glichen wuchernden Melonen. Saftig. Reif. Wenn auch nicht mehr frisch. Dennoch schmeckten sie Erich, er nahm sie jetzt besonders gerne in den Mund. Sie strich darüber, kniff in die linke Brustwarze, spürte dem Schmerz nach, kniff sich ein zweites Mal. Vor ein paar Monaten hatte sie ihr erstes weißes Schamhaar gefunden. Noch am selben Tag hatte sie sich vollständig rasiert, eine kahle und leere und unbedeckte Scham hatte ihr beim Verlassen der Dusche entgegengeblickt. Ein kleines Mädchen saß zwischen ihren Schenkeln. Erich hatte sie geliebt, diese entblößte Haut, diese Mädchenhaut. Inzwischen wuchsen dort unten aber wieder Härchen, sie färbte sie jetzt. Nachtbraun. Ihre Hände wanderten von den Brüsten zu dem quellenden Bauch. Eine warme und harte und lebendige Kugel. Das Kind wuchs in ihr.